Fran[illegible]

# Lettere dalle Langhe



Editrice Il Punto

**Collana Bancarella**
periodico mensile

Dir. Resp. Camillo Brero
Reg. Trib. di Torino n. 5028 del 21/04/1997



Composizione in proprio
Stampa: Stargrafica - Grugliasco - Torino
Torino, luglio 1997

# Nota dell'autore

*Queste mie* Lettere dalle Langhe *furono pubblicate dall'editrice romana Cinque Lune nel 1971. Le ripropongo qui in edizione pressoché integrale, con la sola esclusione di tre capitoli meno pertinenti al titolo; con l'aggiunta di alcune parti ugualmente datate, però; con il rispetto assoluto per la scrittura del lungo racconto iniziale che a suo tempo ottenne universali consensi critici in specie «al suo vigore, al suo grande rigore morale» come ebbe a scrivere il Corriere della Sera. Ventisei anni sono più dello spazio d'una generazione. Da allora a oggi l'Italia è profondamente cambiata, è diversa. Siamo cambiati noi, trentenni di allora. Ma non poche qualità e virtù (da non confondere con i valori, essendo la vita umana l'unico e il vero valore) permangono, talvolta sembrano persino rivivificarsi, nel nostro affacciarci al domani.*

*Il lettore tenga conto di ciò. E tenga conto che la riproposizione del vissuto sarebbe sterile, anzi nociva, in chiave nostalgica, ma si fa nobile se è intesa come rispetto per chi ci ha preceduto da multiforme protagonista nella civiltà di ieri. Una trasparente ironia sempre, trasparente e affettuosa, nel guardarci alle spalle. Se fosse malinconia, saremmo prigionieri di noi stessi.*

*Perciò continueremo ad essere come il protagonista d'un mio remoto romanzo: continueremo ad essere gente con la mente nel futuro e il cuore all'antica, secon-*

*do il destino delle generazioni, di ciascuna generazione che corre.*

*In alcune Lettere appaiono talune espressioni gergali, comprensibilissime però nel contesto. Vi rimangono a bella posta, nonostante la narrazione sia senza confini ambientali o geografici.*

*Alcuni problemi attuali in quel tempo, sembrano posti solo oggi. Alcune situazioni si sono modificate nella cornice, non nel contenuto.*

*Alla velocità della luce, invece, certune accelerazioni. E una certezza: inumando il passato, lo si ricorda con il fiore del sentimento e con occhi bene auguranti ai semi nuovi in germoglio.*

Roma, 1997 FRANCO PICCINELLI

# Il partigiano dagli occhi d'oro

Lo sten gli tremava pesante nelle mani, la polvere della strada cominciava a entrargli nella gola. Se la sentiva, la polvere, asciugargli il palato, impoltigliarsi tra i denti, c'era un gran silenzio sulla collina della Serra Boella e anche al Bricco, ai Moniprandi c'era silenzio. Nelle vigne i grappoli erano verdi ma ormai disegnati, se non fosse stata ancora la polvere che gli ornava il viso seguendo i rivoli di sudore e accumulandosi sempre più bianca sulle labbra fino a falsargli l'olfatto, avrebbe sentito lì attorno l'odore delle albicocche, delle susine che maturavano sugli alberi mai carichi di frutti come quell'estate del 1944. Invece l'odore era soltanto di polvere, mescolato a quello di nafta, di olio per motori bruciato male, a mano a mano che la colonna nazista s'inerpicava per la strada bianca. C'era un'autoblindo già ai Rivetti, in coda altri camion stavano appena superando il ponte del mulino, due chilometri più in basso. Gli uomini sugli automezzi in marcia erano statue dagli occhi vigilanti, tenevano l'indice artigliato al grilletto di armi automatiche di calibro diverso.

«Ci siamo – pensò Giovanni Mèntore detto Treno, diciotto anni, partigiano – Dieci minuti e saranno qui, sbucheranno alla curva senza sospettare della nostra presenza. Dobbiamo resistere e sparare finché avremo munizioni». Il discorso l'aveva portato ad aggiungere:

«Almeno finché avremo vita», ma aveva cancellato in fretta l'ipotesi, non per paura, soltanto per darsi coraggio, per aiutarsi nel momento più terribile della sua breve esistenza.

Treno era sdraiato vicino al fosso, dava la destra al fosso. Guardò sulla propria sinistra e vide i suoi sei compagni allungati gomito a gomito in mezzo alla strada. Al centro il partigiano Walter, il comandante, era l'unico ad avere un fucile mitragliatore e a non irrigidirsi nel pericolo. Treno e Walter si incontrarono con gli occhi, senza sorridersi. Non c'era assolutamente nulla da dirsi, una volta presa la decisione di attestarsi e di resistere a qualunque costo. Il «qualunque costo», quando fu formulato, non prevedeva una disparità di forze così assurda. Forse, si fossero buttati per le vigne, adesso che avevano davanti un intero battaglione motorizzato, avrebbero potuto mettersi in salvo, trovare scampo nel cunicolo che sbucava al bosco dello Starda e di lì raggiungere poi Mango o Neviglie. Ma ormai erano inchiodati alla terra, il fuggire sembrava più faticoso del rimanere, una fatica che cresceva con l'aumentare del rumore e della polvere sulla strada. Treno fece un grosso sforzo, girò lento il collo guardando nel fosso.

Ciò che vide lo stupì. Vide un ragno di campagna che s'arrampicava sullo stelo d'un fiore giallo e la corolla del fiore ondeggiava per il peso dell'intruso. «Quando sentirai sparare – Treno immaginò di dire al ragno – basta che tu rimanga immobile e ne uscirai vivo, e vedrai il tramonto di questa sera e di mille altre sere». Poi si ricordò di aver letto che i ragni hanno vita breve. No, un discorso così non aveva senso con un ragno, e riprese quindi a pensare: «Tu non ti preoccupi di quanto possa accadere fra un'ora, fra un minuto, ecco, appena hai mosso un altro passo. Anche per gli uomini il futuro è imprevedibile, eppure loro sanno come leggergli dentro, peccato che il più delle volte gli leggano solo quando sta per finire male». Forse nulla poteva impedire il corso del destino che tutti e sette i partigiani si erano scelto; oppure sì, non esistono forse i miracoli, non si è sentito tante volte – quante volte? – di gente condannata eppure viva ancora negli attimi che dovrebbero essere già di morte? Gli occhi di Treno seguivano il bordo del fosso come una lignola gettata dal muratore.

«Il sole non avrà fatto in tempo a spostarsi sensibilmente nel cielo, e in un modo o nell'altro noi non saremo più qui. Non saremo così inutilmente immobili. Rigidi magari – Treno ebbe un brivido – o forse riusciremo ancora a piegare le ginocchia, a metterci le mani in tasca, ad accenderci una *Liberty*. Quante sigarette ci hanno lanciato gli americani sul bricco della Forma. Insieme alle armi, queste stesse armi che adesso stringiamo. Non avessimo avuto queste armi non ci saremmo forse fermati qui. Ma prima o poi bisogna fermarsi. Meglio ora, meglio subito».

A diciott'anni i pensieri sono rapidi. Il partigiano Treno continuava a inseguire il bordo del fosso. «Fra un mese, fra un anno, in queste vigne verranno di nuovo gli uomini a lavorare, giovani e vecchi, i giovani liberi e senza paura dei rastrellamenti, i vecchi senza l'angoscia di piangere un giovane morto. E verranno per questa strada biciclette e moto, ci sarà magari l'asfalto, a Pasquetta, nello stesso prato che io vedo là in fondo, si siederà tanta gente per la merenda, con le uova sode, il dolcetto e la frittata di girasoli. Potrei esserci anch'io. O può darsi che qualcuno di laggiù alzi un braccio e dica: 'Avvenne proprio in quel punto del crinale, li sterminarono tutti e sette, se ne andarono cantando vittoria. Ridiscesero per la collina con i neri gagliardetti obbligando tutti quelli che incontravano a fare il saluto'. Potrebbe anche avvenire così».

Il partigiano Treno sentiva adesso la polvere in gola, nonostante il caldo provava sulla schiena il contatto di lamine ghiacciate. Che fosse quella la paura? Doveva essere lui solo ad avere tanta paura, i suoi compagni non si agitavano, sembravano concentrati sulla grande prova che li attendeva, di sicuro Walter stava già prendendo la mira su qualcuno degli uomini ritti nel primo camion. Fece un altro sforzo e alzò la testa, guardando oltre il ragno campestre, al di là del prato, e incontrò la torre di Castagnole, poi Coazzolo, Calosso e i lontani filari di moscato che nascondevano Santo Stefano. Poi tornò a guardare davanti, vide il paese dove aveva sempre vissuto. In alto il municipio con le scuole, il campanile, le vecchie case; si vedeva bene il cortile della filatura, era là, nel cortile della filatura che quattro anni prima da balilla moschettiere lo avevano promosso avanguardista; era là che si era immaginato la prima volta protagonista di un'azione di guerra con un fucile vero; era là che il federale di Cuneo e il sottoprefetto di Alba, nel consegnargli la croce di smalto e l'attestato, lo avevano fissato bene.

Ricordava le parole del federale: «Tu, avanguardista Mentore Giovanni potrai essere un giorno un eroe. Ne hai tutta la figura, parlano per te i tuoi capelli biondi, i tuoi occhi, lo sai che hai gli occhi gialli, occhi d'oro? Bravo, questi tuoi occhi d'oro vedranno il trionfo della patria in armi».

Da allora, prima il podestà, poi le maestre, infine i suoi compagni avevano cominciato a chiamarlo così, l'avanguardista dagli occhi d'oro, tra le piccole invidie degli altri giovani in divisa e i sospiri delle ragazze con la scriminatura nella permanente di riccioli.

Giovanni aveva creduto a quelle parole, il suo cruccio era che la guerra non sarebbe durata tanto da consentirgli di prendervi parte attiva. Dicevano che nel giro di un'estate si sarebbe risolto tutto, allora aveva organizzato una squadra che portava alla stazione viveri e indumenti da distribuire ai soldati che transitavano in lunghe tradotte verso la Francia. Qualche volta le tradotte si fermavano, una trentina di carri merci carichi di giberne, di fucili e di elmetti sotto i quali spuntavano volti umani, e una vettura per gli ufficiali con il cinturone e il colletto di velluto.

Gli ufficiali si trattavano bene, potevano andare da Fino Scassa a bersi il cicchetto, a mangiarsi qualche wafer, mentre i soldati non dovevano nemmeno scendere dai vagoni. Allora Giovanni con gli altri avanguardisti correva lungo la tradotta distribuendo frutta, pane, bottiglie di gazzosa e bottiglioni di vino, canottiere e calze non proprio d'ordinanza ma sempre utili.

«Beato te che la guerra la fai così», gli aveva detto un caporalmaggiore la cui divisa sembrava appena uscita da una gamella di fagioli; e aveva aggiunto: «Qualunque cosa ti abbiano insegnato, ricordati che è meglio far l'eroe quando non si spara: non te ne viene in tasca niente lo stesso, ma almeno non rischi la pelle».

Succedeva però abbastanza di rado che le tradotte si fermassero, il più delle volte transitavano e i militari avevano solo voglia di gridare complimenti alle ragazze in bicicletta che attendevano, al passaggio a livello, il sollevarsi delle sbarre. In questi casi Giovanni non si dava per vinto, lanciava pagnotte e frutta dentro i carri in corsa, cercando di prendere bene la mira. Gli sarebbe parso di venir meno a un preciso dovere, se si fosse limitato a salutare con il braccio teso senza offrire un aiuto concreto.

A settembre, la patria era sempre in armi, dovevano essersi sbagliati quelli che avevano previsto una vittoria sbrigativa. Passavano ancora tradotte, ma adesso non andavano più verso la Francia, prendevano anzi la direzione opposta, venivano dalla parte di Bra e correvano verso Nizza Monferrato e Alessandria, di là nessuno sapeva, in paese c'era più d'uno che fino ad Alessandria non era andato nemmeno una volta. Nel giardino della vinicola, in compenso, era venuto ad accamparsi un battaglione di fanteria. La vinicola sorgeva proprio a fianco della stazione ferroviaria, e sembrava fatta apposta per ospitarvi un'improvvisata caserma. In poche ore, nel cortile si sistemarono le cucine all'aperto per mille soldati, davanti al cancello fu posta una garitta con la sentinella, e finché il battaglione si fermò, due volte al giorno la parte bassa del paese venne rincuorata con il profumo della conserva cotta, messa a condire colossali pastasciutte.

Nello stesso periodo, sulla piazza aveva alzato le

tende un modesto circo equestre senza cavalli. Era sempre gremito: per qualche sera la troupe aveva fatto in modo di variare alcune parti del programma, poi, visti i pienoni, si era stabilizzata su un unico, monotono ma non sgradevole spettacolo. L'avanguardista dagli occhi d'oro, ci andava tutte le sere e scattava in piedi quando, appena prima del trattenimento, quelli del circo, anche i clowns, cantavano *Giovinezza*. I soldati invece, la cantavano in pochi *Giovinezza*, preferivano unirsi spontaneamente alla innocente danzatrice orientaleggiante tutte le volte in cui, finito il numero, per allungare lo spettacolo senza eccessiva fatica si trasformava in canterina con la musica e le parole di *Bambina bionda*.

Un mattino del tardo autunno arrivarono nella stazione, e si fermarono, due tradotte, lunghe lunghe, vuote vuote: si riempirono subito di quei mille fanti che partivano verso la Grecia. L'avanguardista dagli occhi d'oro era fra le centinaia di persone recatesi ad applaudire, ad augurare buon viaggio, e fu per quasi tutti, lo si seppe poco dopo, un viaggio senza ritorno. Se ne andò anche il circo, lasciando in mezzo alla piazza una malinconica macchia di segatura. Dove c'erano le cucine all'aperto, ormai inutilizzate, presero a giocare i ragazzi.

Venne l'inverno, rifiorì l'estate, e ancora gli ippocastani del viale persero e rimisero le foglie.

Non c'erano quasi più uomini giovani in campagna, e si doveva vendemmiare portando nei filari anche i bambini, anche i vecchi, ognuno riempiva le ceste con scrupolosa cadenza, pensando che quella sarebbe stata l'ultima vendemmia di guerra, nel '43 si sarebbe brindato tutti assieme, i reduci con le loro spose. Erano parole augurali a tutti i costi, ma intanto mancava la benzina e i camion che andavano a caricare le uve avevano i motori alimentati a legna svelti ad arrostirsi sulle prime salite. Qualcuno riusciva a prendere con la radio le stazioni straniere, e andava dicendo sottovoce, con infinita cautela, che le cose si stavano mettendo male per l'Italia un po' dappertutto. Solcavano i cieli le formazioni volanti. Si annunciavano con il caratteristico rimbombo, in pochi minuti erano sulla verticale del paese e il frastuono faceva tintinnare i vetri delle finestre, i bicchieri di cristallo nei buffet; subito dopo il fragore cupo dei bombardamenti nelle città. A notte si vedevano bagliori di fuoco dalle parti di Torino e di Genova, e la gente si radunava nel buio per commentare. C'era sempre qualcuno che voleva localizzare meglio l'epicentro dei disastri, dove l'orizzonte s'accendeva di rosso punteggiandosi dei più chiari effetti della contraerea, diceva: «No, là non è affatto Genova ma Savona, lasciatelo dire a me che a Savona ci sono andato almeno dieci volte, sempre passando attraverso le Langhe, da Montezemolo. E là è Savona».

Un giorno era caduta una bomba vicino al paese: aveva demolito il silos del consorzio agrario di Cuneo lasciandosi al posto una grande buca. Da allora ogni rombo di aereo si annunciava come un allarme, quasi nessuno rimaneva in casa: chi correva nelle cantine meglio protette e profonde sottoterra, chi si dirigeva alla vicina galleria ferroviaria, specialmente dopo una cert'ora della sera quando si era sicuri che non sarebbero passati treni. Qui qualcuno si era costruito una sorta di rifugio nel rifugio, attrezzando le nicchie del tunnel abbastanza confortevolmente, con vecchi materassi, coperte e viveri di lunga durata: e vi trascorreva d'abitudine parte della notte, giurando che nel proprio letto non avrebbe mai potuto dormire con il pensiero fisso ai bombardamenti.

Agli sbocchi della galleria c'erano garitte, e nelle garitte sentinelle armate con il compito di sparare su eventuali sabotatori. Ma erano sentinelle assai paciose, la maggior parte aveva per caserma la propria casa perché si trattava di richiamati del paese alquanto avanti negli anni, non più buoni per il fronte ma, si diceva, adatti a mansioni di presidio territoriale. L'unico non del paese era il loro comandante, un sergente toscano che nelle giornate di nebbia, con la scusa di controllare l'esatta applicazione delle norme sul tesseramento dei viveri, se ne rimaneva al caldo nel grande negozio di Taddeo, dove Vigiu riusciva a sfornare un pane apprezzabile nonostante la grande quantità di crusca nella farina.

L'avanguardista dagli occhi d'oro era diventato amico del sergente: qualche saluto, un sorriso, all'inizio, poi un buon affiatamento da consentire dialoghi e confessioni senza sospetti. Così, quando Giovanni Mentore domandò al toscano se gli piaceva servire la patria, si sentì rispondere un «No» secco e deciso.

«Come – trasecolò l'avanguardista –; è un dovere di ciascuno, e proprio voi dite queste cose? Ma non pensate a quelli che stanno combattendo in prima linea, lo sapete voi che mentre stiamo abbastanza sicuri e continuiamo la vita di sempre, ci sono giovani, uomini, padri di famiglia che muoiono a pezzi?».

«Qui ti volevo – rispose il sergente –, a pezzi, l'hai detto bell'eroe. E per cosa credi che crepino? Per la patria? La patria è questa dove siamo noi, non dove la vuole qualcuno. Non posso parlare, mondo cane, non posso parlare: ma un giorno lo diranno, e lo scriveranno, che questa è la guerra più sporca di tutte. Sono ormai più di due anni che ci spariamo gli uni sugli altri, e per che cosa? Ma spiegamelo tu, visto che ci credi tanto».

Disse Giovanni: «Perché l'Italia è una grande potenza mondiale, e deve dimostrare di saperlo essere come e più del suo grande alleato, la Germania. Perché noi discendiamo dai Romani e i Romani civilizzarono il mondo».

Disse il sergente: «E noi torniamo a fare i barbari, stragi, rovine, lutti, poi un giorno, quando finirà e se saremo ancora vivi, ci diranno tante grazie e noi non avremo nemmeno lavoro, patiremo la fame come adesso, saremo soltanto, tutti, un po' peggiori, perché la guerra lascia delle grandi cicatrici nello spirito, se ti va bene di essere sano nel fisico».

«Questo se perdessimo – osservò Giovanni – cosa che non avverrà mai perché siamo i più forti. Vincendo, daremo lezione di dignità e avremo un maggior posto al sole. Potete dubitare voi della parola del duce?».

«Se è per questo – sbottò il sergente – io dubito certe volte anche di me stesso». Poi, ignorando come quel fanatico di avanguardista l'avrebbe presa, una dichiarazione tanto perentoria, volle precisare: «Intendiamoci bene, io l'amor di patria ce l'ho forte, e se fosse necessario farmi ammazzare qui, in questo momento, per difendere un pugno di terra della patria, farei subito un passo avanti. Però io sono sempre più convinto che si serve meglio qualsiasi ideale in tempo di pace. Cosa vuoi, probabilmente non ho la stoffa dell'eroe».

Giovanni era rimasto molto colpito dalle parole del sergente. Gli era già succeduto altre volte, specie negli ultimi tempi, di sentire gente ragionare pressappoco così, ma adesso era come se quel discorso suonasse diverso, non che bisognasse crederci, questo no di sicuro, però sembrava apprezzabile perché doveva esprimere uno stato d'animo molto diffuso.

Giovanni abitava a metà strada tra la parte bassa e quella alta del paese. Suo padre faceva il mediatore di uve e di vini, era un benestante che non si occupava di politica ma espertissimo nell'arte di far fruttare il denaro, e di mettere a frutto presso i potenti del luogo la sua agiatezza. Nonostante questi meriti, due mesi prima lo avevano richiamato, destinandolo a un reggimento nelle Marche. Aveva dovuto partire, col vecchio grado di caporalmaggiore guadagnato nell'offensiva dopo Caporetto.

La madre di Giovanni era una donna minuta, esile, e ogni volta che parlava pareva si lamentasse, e bisognava prestar bene orecchio per seguirne il discorso. Era schietta nel suo modo di essere, perché anche col figlio era così, e il figlio di conseguenza non sapeva mai con esattezza che cosa pensasse o volesse la madre. Non avendo fratelli e sentendosi piuttosto trascurato in casa, Giovanni aveva finito con l'innamorarsi delle strutture dell'organizzazione fascista; rimpiangeva soltanto di non avere continuato gli studi, dopo le elementari, per ambire a cariche gerarchiche di riguardo. Ma per una bella divisa nera e una grand'aquila lucente, non sembrava affatto d'obbligo la scuola: ne vedeva, lui, alle riunioni, dei capimanipolo che comandavano e non sapevano neppure se Tobruk era in Libia o in Abissinia. Eppure comandavano. Così fra i gerarchi politici. Bastava una buona stazza e una bella taglia nella figura, un portamento deciso, e il rispetto veniva da sé, ancora più in fretta se si aveva l'accortezza di accarezzare con le mani guantate lo staffile dietro la schiena, ma in modo che tutti vedessero.

Giovanni rincasò. Non prestò attenzione alla madre. Erano lamenti di rimprovero perché trascorreva molto tempo fuori casa? Erano pensieri rivolti al padre lontano? Mentre indossava l'uniforme, Giovanni sorrise pensando a sua madre, gli venne in mente di averla vista sempre uguale, anche dieci anni prima. Forse nel 1962, dopo vent'anni, sarebbe stata ancora uguale. Nel '62, che futuro lontano. L'avanguardista dagli occhi d'oro aggiunse vent'anni ai suoi sedici, e s'immaginò padre a sua volta. Trentasei anni, il segretario del partito aveva quell'età ed era anche seniore nella milizia, non si sapeva per quali meriti. Avrebbe potuto diventarlo anche lui, dedicandosi completamente alla causa, obbedendo, credendo, combattendo. Nel '62, si disse Giovanni, l'Italia avrebbe occupato quasi tutta la carta geografica dell'Europa, e il fascismo sarebbe divenuto un grande movimento con una struttura organizzativa grandissima: sicuro, ci doveva essere posto anche per lui, per Giovanni Mentore, in qualche ingranaggio e non dei meno importanti. Bisognava vincere la guerra, ma c'erano ragionevoli dubbi in proposito?

L'avanguardista pensò ai mille fanti partiti per la Grecia due anni prima: aveva in mente il viso, la figura di parecchi di quei soldati, sapeva che erano rimasti tutti là, senza vita. La vittoria ha un suo prezzo, meditò il ragazzo, ed io stesso, se me lo chiedessero, partirei anche oggi per un fronte. Poi passò in rivista, una per una, le persone del paese che conosceva meglio e che non avevano cariche; bisognava ammetterlo, erano tutte piuttosto scettiche sulla guerra che si combatteva, e si capiva fin troppo bene che loro non nutrivano incertezze sul risultato finale: il fascismo sarebbe caduto, avrebbero tolto tutti i ritratti di Mussolini dalle scuole e dagli uffici, e sarebbe rimasto per sempre solo quello del re, come era una volta (come è sempre stato, aveva detto sottovoce un ferroviere che passava per bolscevico, quando erano entrati in guerra gli Stati Uniti). Per Giovanni era sempre stato invece il contrario: lui lo aveva sempre visto al suo posto, già da quando lo avevano mandato all'asilo, il duce sopra la cattedra: di profilo con l'elmetto, in primissimo piano con il berretto da primo caporale d'onore della milizia, a figura piena sul cavallo, in capo la feluca e un altissimo pennacchio bianco. Il duce doveva essere diverso da tutti gli uomini: era di sicuro senza età e sarebbe sempre appartenuto all'Italia, l'avanguardista dagli occhi d'oro vide lo Stivale afflosciarsi sulla carta geografica al solo pensiero di un Mussolini in esilio.

«Mamma», chiamò Giovanni, e come essa rispose, s'informò: «Mamma, ti dispiace di non essere stata piccola italiana, quando eri ragazza?».

La donna uscì in un cinguettio di mille piccole esclamazioni tra lo stupito e l'ammirato, adottò una mimica come se si schermisse chissà mai da quale complimento e si comprese che, tutto sommato, a lei non importava proprio niente.

«Mamma – replicò Giovanni avvicinandosi e mettendole un braccio attorno alla vita – ma tu non credi nel fascismo, nel suo avvenire?».

La risposta fu un improvviso scoppio di pianto, assolutamente sproporzionato alla domanda. Quando si fu un poco ripresa, disse la donna ancora scossa dai singhiozzi: «A me importa di tuo padre, non di quello là. Eravamo fortunati, andavamo bene con gli affari, e adesso guarda, fra un mese c'è la vendemmia e tuo padre non c'è e chi ride sono gli altri che hanno un concorrente in meno sul mercato. Intanto noi cosa facciamo? Dobbiamo stare alla tessera, diglielo al tuo duce che se ci lascia lavorare in pace va meglio per noi e magari anche per lui». Giovanni rispose di sì muovendo il capo, e incominciò a sbottonarsi la camicia nera. Non sarebbe andato quel sabato pomeriggio all'adunata fascista, al Littorio, aveva mal di testa e forse qualche linea di febbre.

L'inverno fu rigido, lungo, più malinconico degli altri inverni. Erano arrivati due militari in licenza di convalescenza, avevano fatto capire che il morale dell'esercito era basso. Uno tornò al reparto verso la fine di gennaio del '43, l'altro andarono inutilmente a cercarlo i carabinieri: era ripartito, ma non si sapeva per dove, dicevano che aveva tagliato la corda. Prosperava il mercato nero: si vedevano in paese visi nuovi, in principio qualcuno li aveva scambiati per spie, poi si seppe che compravano farina bianca, uova, salumi per rivendere a Torino guadagnandoci trenta, quaranta volte il costo della merce. Qualcuno si arricchì in fretta, ma uno ci rimise anche le penne, lo fecero fuori ignoti rapinatori entratigli in casa a colpo sicuro portandosi via fin l'ultimo dieci lire dal doppio fondo dell'*erca*, in cucina.

Una sera il comandante delle truppe territoriali, il sergente toscano, domandò a Giovanni se l'indomani voleva andare con lui a Genova «in missione speciale». E aggiunse: «Naturalmente non devi farne parola con nessuno, partiamo col treno *undici e quaranta*, quello delle quattro e mezza del mattino. Alle dieci siamo a Genova, torniamo la sera stessa, con l'*undici e cinquantuno*, sai, il convoglio che si ferma a Alba».

Nella sala d'aspetto la stufa era spenta, e contro i vetri c'erano i disegni del gelo. I tre binari erano sommersi dalla neve caduta nella notte. Giovanni si coprì con la mantellina più che poté, battendo gli scarponi che gli tenevano caldi i piedi e fregandosi le mani. Quegli scarponi pesavano tre chili l'uno, ma erano perfetti, glieli aveva fatti fare sua madre dal calzolaio nuovo, che fabbricava su misura scarpe e zoccoli; uno si sceglieva la tomaia, diceva se li voleva quadrati o rotondi in punta, e dopo un mese passava a ritirarli, da una mano gli scarponi, dall'altra mano cinquemila lire, un prezzo esorbitante, ma col quale si risparmiavano le spese delle medicine per l'influenza e le bronchiti: così almeno assicurava il calzolaio e quasi tutti conoscevano i mobili della sua cucina dove aveva il laboratorio.

Suonò la campanella delle sbarre che si abbassavano quando il treno partiva da Barbaresco, e il sergente non si vedeva ancora. Giovanni fece comunque il biglietto in terza classe per Genova Principe, e guardò nel buio della piazza, senza vedere nessuno. Il treno arrivò silenzioso, lo sbuffo della locomotiva, lo sferragliare dei vagoni erano assorbiti dalla neve alta e fresca. Giovanni non sapeva se salire o no, quando si sentì spingere con fermezza alle spalle, verso l'unica porta aperta donde era disceso il controllore. Capì subito che doveva trattarsi del toscano, e infatti era lui, con due grandi valigie a tracolla e altrettante in mano. «Svelto, monta, la fermata è appena di un minuto. Aiutami piuttosto, su, issa, dai, che razza di avanguardista sei se ansimi per un peso così?».

Restarono in silenzio, nell'oscurità, fino a Castagnole, che è una stazione importante dove si prendono le coincidenze per Asti. Poi il treno riprese a sbuffare e a fermarsi, a sbuffare e a fermarsi: Costigliole, Calosso, Santo Stefano, Canelli, Calamandrana, Nizza. A Nizza c'erano già due treni fermi, sospese fra i binari brillavano le luci rosse, verdi, gialle dei semafori; si vedevano ferrovieri muoversi veloci con le lanterne, sembrava che lì avesse nevicato anche di più, ogni tanto giungeva la caligine e il tepore di una soffiata di fumo nero dalle locomotive in manovra. Scesero, due valigie a testa, e salirono sul treno per Acqui, piuttosto animato: operai, ferrovieri che iniziavano il turno, massaie intabarrate in grembiuli grigio scuro con grandi e caldi tacconi, qualche contadino che andava al mercato di Ovada. Dopo mezz'ora il convoglio si mosse, procedeva più veloce perché adesso la linea era elettrificata.

Ad Acqui ci fu una sosta interminabile, e il sergente ne approfittò per comperare il giornale. Scorse i titoli più grossi e lo porse a Giovanni: «Vuoi? Tanto sono tutte storie. Stando ai giornali fra poco entriamo a Mosca a cavallo. Che non ce li troviamo in casa nostra, invece, i russi, prima di quanto crediamo. Leggi su, avanguardista. Ehi, ma non guardarmi in quel modo. Io posso anche parlare così, e poi, tolto te, nessuno mi capisce. Parlo tra i denti, e tra i denti sai cosa ti dico? Me ne frego, io, delle spie». Vedendo che Giovanni continuava a fissarlo, il toscano lo disincantò osservando: «Ehi, lo sai che hai gli occhi gialli? Non ci avevo mai fatto caso, sarà la luce del mattino, ma è sicuro che l'iride dei tuoi occhi è dorata. Vedrai quante ragazze te lo diranno, aspetta e vedrai».

«Se è per questo – rispose Giovanni – me lo dicono già» e arrossì. Intanto pensava alle parole del sergente: se i giornali scrivevano che andava tutto bene, e non era vero, voleva dire che qualcosa non girava per il suo verso. Che ci fossero stati dei tradimenti? Ma allora, perché non punivano i colpevoli? Che il duce si fosse sbagliato? Questa sì, sarebbe stata grossa. Giovanni impallidì e si insultò al solo averlo pensato. Eppure, rifletté, la prossima sarebbe stata la quarta estate di guerra, contro l'unica che avevano promesso. Si pentì quasi d'essersi insultato. Ripiegò il giornale e sorrise al sergente.

«Dite un po', sergente. In che cosa consiste la missione segreta? Quando uno ha delle missioni segrete da svolgere, non dovrebbe girare in divisa, e bisognerebbe anche che fosse un po' meno ingombrante, diamine, che ve ne fate di quattro valigie da venticinque chili l'una?».

Il toscano lo riprese: «Mica sei capace tu, grullo, a parlare tra i denti. Almeno statti zitto, che ci possono essere spie in giro, sai, gente curiosa. Meglio perderla, meglio perderla. Di questi tempi, ognuno deve badare agli affari suoi e basta. Ne ha fin troppo».

Arrivarono a Genova con un'ora di ritardo. «Tu mi vieni sempre dietro, con due valigie – fece, serio, il toscano – e se qualcuno ti ferma, fingi d'essere muto, fa' segno a me, che parlo io». A questo punto Giovanni pensò che il sergente doveva per davvero svolgere un incarico misterioso: senza fiatare lo seguì, uscirono sul piazzale, presero una macchina pubblica e il sergente dette un indirizzo.

«Mi scassate le balestre con quelle guardarobe – disse l'autista – sono dieci lire in più della tariffa, prendere o lasciare».

«Prendo», tagliò corto il sergente, e più nessuno parlò sino a destinazione.

«Aspettatemi qui, voi, io faccio due giri, un paio di valigie alla volta, dieci minuti in tutto e ce ne andiamo». Il sergente scese di macchina, si guardò attorno, tornò a guardare, afferrò il primo carico e via.

«Da dove venite?» domandò l'autista.

«Da Torino» mentì Giovanni, e fu sorpreso della facilità con cui aveva dato quella risposta. «Se racconto frottole – meditò ancora – vuol dire che c'è qualcosa di ingarbugliato in questa faccenda, qualcosa che non gira bene».

«Raccontalo a un altro – sbadigliò l'autista – tu sei il solito furbo piemontese che prende per fessi tutti quanti. A Torino hanno quella faccia ben nutrita? Vorrei conoscerlo, il tuo paesello, vorrei vederla la tua casa con la stalla, le vacche, il grano, i maiali. Ma la gente come te, piuttosto la fa marcire la roba, piuttosto di venderla a giusto prezzo a chi muore di fame».

Giovanni era senza parole. Arrivò il sergente, prese il secondo carico, raccomandò di non parlare troppo, sorrise di complicità all'autista, promise che sarebbe tornato subito e si eclissò di nuovo. Giovanni cercò un discorso con cui controbattere al genovese. Ma l'ira gli serrava la gola, e si trovò a gridare: «Farabutto sarai tu, disfattista che non sei altro, tu che te ne stai qui a guidare la macchina, mentre uomini della tua età muoiono tutti i giorni combattendo». Giovanni alzò la voce ancora di più: «E ringrazia che non ti faccio rapporto, che non chiamo la milizia, che non ti prendo nome e cognome».

Il sergente, tornando, sentì le ultime parole di Giovanni. Montò in macchina svelto, gli diede due ceffoni che lo mandarono a sbattere la testa contro il vetro del finestrino, e disse all'autista: «Tocca compatirlo. È bravo, ma è giovane e gli manca un giovedì. La colpa di quanto è successo è soltanto mia. Invece di dieci lire, ve ne darò venti perché dimentichiate quanto è accaduto».

La macchina tornò alla stazione. Giovanni era frastornato, intontito, capiva di voler dire qualcosa all'autista, qualcosa che fosse di scusa senza troppo apparire, e trovò la forza di guardarlo negli occhi in tono di rammarico. Quello disse: «Ha ragione il tuo amico, sei giovane ma non devi essere cattivo. Io avevo un figlio come te, e una moglie come tua madre. Sono rimasti sotto le bombe, non ne ho più trovato nemmeno i corpi. Sai perché lavoro? Per costruirgli una tomba quando finirà la guerra. Ciao, ho capito tutto e ti saluto». Giovanni mormorò, a mezza voce: «Scusatemi, scusatemi tanto...» e si sentì portar via dal sergente che lo trascinò accanto a sé. Si avviarono assieme al ristorante. Si sedettero.

«Ordina», sorrise il sergente, «quello che vuoi, anzi, quello che c'è».

«Siete ricco – si stupì Giovanni – ma a me avanza poco più del denaro per il viaggio. Per me va bene un panino».

«Ordina, ti ho detto – replicò l'altro – pago io. E queste sono per le sigarette, o per le caramelle, come preferisci».

Giovanni si trovò in mano cento lire, un bigliettone da cento lire. «Siete matto, vi mettete a dar via i soldi?».

«Stai buono, infilatelo in tasca, stai buono e ordina il pranzo, se vuoi saperne un po' di più».

Venne il cameriere e Giovanni scelse un menù a base di pesce, e un vino bianco nostralino che gli si accompagnava bene. Poi, volgendosi al sergente, tra il curioso e il divertito domandò: «Ebbene?».

«Sai cosa c'era nelle quattro valigie? Ottanta chili di salumi, prosciutti, salsicce, costolette, quasi mezzo maiale. Ho comprato dai Trinchetto, tremila lire; e sai quanto ho in tasca adesso? Sessantacinquemila, un bel rotolo di biglietti. Sai, sono cento volte tanto il mio mensile. È un guadagno onesto, mica io ho rubato niente. Solo non voglio lasciarmi prendere, quando finirà la guerra, senza un po' di riserva. Ci sarà miseria, allora, disoccupazione, fame. Qualche soldo da parte non farà male. Mettiti anche tu nella borsa nera, non fare l'idealista, dai».

«Anch'io?».

«Certo, hai l'età giusta per non dare nell'occhio, non sei più un bambino e nemmeno ancora un giovanotto. Un po' di rischio c'è, ma ne vale la pena, credimi. Conosco qualcuno dei tuoi amici, anzi dei tuoi superiori in divisa, che fa la borsa nera e se ne infischia: la fa attraverso altre persone, ma ci è dentro fino al collo e allora non può parlare. Se dicesse qualcosa a me, lo metterei sull'attenti anche se sono solo sergente. E anche tu ci sei dentro. Le hai portate le valigie, no? Le hai prese le cento lire no?».

«Per esserci dentro, come voi dite – fece Giovanni – ci vogliono almeno cinquemila lire».

«E io te le do, porca miseria se te le do. E ti dico bravo. Perché hai aperto gli occhi, hai cominciato a capire come va il mondo, in questo caso l'Italia. Bravo. E se vuoi farmi un piacere, smettila con quel voi che mi dà sui nervi, chiamami per nome, col tu, e basta».

Tirava un gran vento quando lasciarono Genova, e c'era un pallido sole in cielo. Venne presto sera, fu buio dalle parti di Acqui. Vicino alla stazione di Alice Bel Colle, il treno si fermò perché il disco era rosso. I viaggiatori sonnecchiavano. A un tratto si udì il rombo di un aereo, che si avvicinava, ma nessuno vi fece troppo caso. Infatti l'aereo arrivò sul convoglio e si allontanò. Per ritornare qualche secondo dopo, e questa volta con una lunga mitragliata. Ci furono grida, la gente si precipitò dalle vetture cercando scampo lontano dal treno, in mezzo alla neve ghiacciata. Il sergente non si era mosso, come se inseguisse un suo discorso e fosse del tutto estraneo a quanto stava succedendo. Solo, sulla giacca della divisa c'era una macchia nerastra già larga come una mano.

«Sergente – gridò Giovanni – ehi, sergente, qui sparano e conviene scappare». Ma ormai non sparavano più, e il sergente non sentiva più e già qualcuno tornava verso il treno.

La milizia ferroviaria invitò alla calma, disse che il treno sarebbe proseguito fino a Nizza senza fermate intermedie, per ricoverare d'urgenza i feriti. Giovanni allungò una mano in una tasca dei pantaloni del sergente, prese il rotolo di biglietti di banca, lo infilò nei propri pantaloni alla zuava, lo lasciò cadere a ballonzolargli su un ginocchio. A Nizza c'erano ambulanze e autopubbliche, molta folla, carabinieri, camicie nere, autorità. Portarono i feriti giù dal treno, i morti li allinearono su barelle improvvisate, tre morti. Un centurione si avvicinò a Giovanni: «Tu gli eri seduto vicino, hai visto la morte in faccia, tu, ragazzo. Anche questa è la guerra, siamo tutti in guerra, povero sergente. Doveva essere in missione, siamo tutti in missione. Tu, ragazzo, ti serve qualcosa, stai bene?».

Giovanni fece di sì con il capo. «Mi è andata bene, nemmeno un graffio, adesso corro a casa a tranquillizzare mia madre».

«Abiti lontano?».

«No, no, sono di Nizza, la mia casa è a cinque minuti da qui, grazie».

Giovanni se ne andò, in fretta, non era mai stato

a Nizza, non c'erano più treni per il suo paese. Seguì la prima indicazione per Canelli, e arrivò a Canelli che mezzanotte era suonata e si sentiva morto di freddo. Trovò un'autopubblica e si fece accompagnare a Castagnole, per non destare sospetti. Pagò con le cento lire, e a piedi fece gli ultimi chilometri di strada. Giunse a casa alle due passate. «Benedetto ragazzo – si lamentò sua madre – che cosa hai per la testa? Tuo padre è in guerra, io sono sempre sola, e tu non trovi di meglio che rientrare a quest'ora. Dove sei stato? Già, tu hai le divise per la testa, gli ideali, tu sei pulito in un mondo sporco. Povera me, che il Signore mi prenda se ho da tribolare così per un pezzo». E cominciò a sospirare, a lamentarsi, a piangere.

Giovanni non dormì, quella notte non si spogliò neppure. Sentiva il rotolo dei biglietti da mille contro il ginocchio, non riusciva a togliersi dal cervello l'immagine del sergente, gli vedeva la macchia di sangue ingrandirsi sempre di più, sempre di più, buon Dio, ma quanto sangue aveva, quanto, con tutto quel sangue uno mica può morire.

L'indomani all'una il giornale radio disse del treno mitragliato e attribuì l'impresa agli angloamericani. Nel pomeriggio portarono in paese, da Nizza, la salma del sergente, avvolta nel tricolore. E il mattino dopo ci furono i funerali. Gli fecero quattro discorsi, spiegarono che era morto nell'adempimento di un dovere altissimo, lo dipinsero come il più ardimentoso dei fascisti del paese, risposero «presente» all'appello dei camerati. Ma «presente» non dissero i venti uomini della sua squadra, Giovanni era sicuro di sentirli gridare, gridare fino alla follia, «morte alla guerra, morte a chi ammazza, pace, soltanto pace per chi se ne va, soprattutto per chi rimane».

I giorni che seguirono, per Giovanni furono giorni di tormento. Aveva messo le sessantamila lire in una botte vuota – erano ormai quasi tutte vuote, le botti in cantina – incerto sul come impiegarle. Ogni volta che trovava una soluzione sembrava quella buona, ma poi la scartava, in parte per non compromettersi, in parte perché gli rimordeva la coscienza. Finalmente si decise a fare quello che riteneva giusto di fare come primo passo: confidarsi con sua madre. C'era il rischio di vederla svenire tra torrenti di lamentazioni, a raccontarle proprio tutto, e allora le avrebbe detto l'indispensabile, sarebbe passato sui particolari per venire in fretta alle conclusioni.

Era il giorno delle ceneri, le strade erano ancora innevate ma si capiva che la primavera doveva essere alle porte. In febbraio, a tratti il sole prendeva vigore, e si sentiva l'acqua scorrere nelle grondaie a mano a mano che la neve si abbassava fino a scoprire lentamente le tegole. Erano a tavola, la radio trasmetteva *Juna* e si stava bene al caldo della cucina. Sulla stufa c'era un dianetto con dentro il coniglio in umido e sul tagliere posto sopra la vasca dell'acqua bollente, la polenta mandava il buon odore della serenità, della sicurezza, un odore onesto al quale Giovanni non ricordava di aver fatto mai caso.

«Se avessi sessantamila lire, cosa faresti tu mamma, eh? Cosa faresti?».

«Mangia – rispose la donna – e vieni giù dalle

nuvole dove stai sempre. Possibile che tu debba solo sognare? Pensa a tuo padre...».

«... e a te, lo so, me l'hai detto tante volte. Vuol dire che penserò a te e a mio padre, e a me, e al sergente toscano...».

«Cosa c'entra il sergente?».

«C'entra, mamma, c'entra, però non devi prenderla di brutto. Vedi, stiamo parlando tranquilli, noi due, siamo nel febbraio del 1943, oggi è il primo giorno di quaresima e tu hai fatto il coniglio invece di rispettare la vigilia».

«Sei cattivo a parlare così, lo vedi che sei cattivo? Ce l'hanno regalato e non so come abbiano fatto, e io mi sono dimenticata della quaresima, con tutto quello che devo pensare, io. E se proprio vuoi insegnarmi a vivere, allora sai cosa ti dico, non mangiarlo il coniglio, non mangiarlo, non lo mangio nemmeno io, mangiamo solo la polenta, e il coniglio no, solo la polenta...».

La povera donna scoppiò in lacrime. Giovanni si alzò, prese le due parti più grasse del coniglio e le mise nel piatto di sua madre; poi si servì, versò le porzioni di polenta affettandola bene con il cordino che pendeva dal tagliere, mise una mano sulla testa della madre. «Ora mangia, e asciugati gli occhi. Hai sempre una mutria da pressione bassa. Possibile che non si possa mai scherzare un po'?».

«E perché vuoi scherzare con sessantamila lire?».

«Ma quelle non sono uno scherzo. Ti ho chiesto cosa faresti di una somma simile, perché noi ce l'abbiamo, in cantina, nella botte del brachetto. E se tu non ti muovi, e mi prometti che non ti lasci venire un collasso per l'emozione, vado a prenderle e le metto qui, sul tavolo». Così dicendo Giovanni si alzò, tornando poco dopo con il rotolo d'un bel marrone rossiccio. «Lo conosci, mamma, questo colore, no? E sono denaro buono, tocca, guarda, filigrana pesante, con una bella testa in trasparenza. No, che non mi sono messo a rubare. Se mi dai dieci minuti di silenzio, ti racconto la storia, poi decideremo il da farsi. Perché si dà il caso che, questa somma, ci appartenga, come dire, soltanto per metà».

Quando ebbe finito di esporre l'avventura, la donna ruppe in singhiozzi: chiamò forte, per nome, il marito, si alzò, andò da Giovanni e se lo strinse, baciandolo. «Lo sapevo che il Signore mi avrebbe aiutata, che non ci avrebbe abbandonati del tutto. Vedi, con sessantamila lire...».

«Ma non possiamo disporre di sessantamila lire – la interruppe Giovanni – te l'ho detto: al massimo ne teniamo metà, ma l'altra, cosa ne facciamo dell'altra metà?».

«La lasciamo insieme alla prima, l'altra metà; sei impazzito? Cosa vorresti dire? Dopo tutto ciò che hai passato, che abbiamo passato, quello è denaro nostro. E se tu ci rimanevi, assieme al sergente, credi che sessantamila lire sarebbero mai bastate...».

I singhiozzi si udivano dal Tosone, come per una grande, irreparabile sventura. Giovanni scrollò la madre: «E quel sergente, eh, quanto credi che valesse quel sergente? E tu, e io, e noi tutti messi assieme, col podestà, il segretario del fascio, il capomanipolo, il medico, il maresciallo dei carabinieri, il capostazione, il farmacista, e mettiamoci anche l'avvocato, qual è il nostro prezzo? Con sessantamila lire ci comprano e ci vendono quando vogliono. Ecco dove il mondo incomincia a prendere una brutta piega, dove tutto ha un prezzo, e si calcolano i rischi, gli eroismi, i tradimenti, con l'unica misura dei biglietti da mille. Comunque più di trentamila lire non ci teniamo, sono soldi che puzzano anche quelli, ma non danno il vomito come farebbero assieme agli altri. Sta a sentire, mamma, cosa ho deciso di fare».

La donna si stava asciugando gli occhi: provò a immaginare di quanto si sarebbe rimpicciolito il rotolo che aveva davanti, si soffiò il naso e disse: «Spiega, su, tu che sai; tu che non rispetti tua madre, insegnale a rigare diritto, parla, voglio proprio imparare da te».

Giovanni urlò: «Vado dai carabinieri, gli racconto ogni cosa, così finisco in galera, e ti requisiscono tutto e tu rimani senza un soldo di questi stramaledetti biglietti da mille. C'è del sangue su questo denaro, non per colpa nostra, ma c'è del sangue. Vado dai carabinieri, hai capito?».

«Parla piano che ti sentono in piazza, ma vuoi proprio farmi morire? Vuoi fare una tragedia proprio oggi? Hai ragione, Giovanni, hai ragione tu, scusami. Ci terremo soltanto trentamila lire». La donna sciolse il rotolo, contò, ricontò, divise due mazzetti, li contò ancora entrambi, ne fece sparire uno nel corpetto e domandò: «Allora?».

«Allora – rispose Giovanni – io mi informo da Pinotu, che gli era molto amico, dove abitava il sergente, qual era il suo paese, poi gli scucio l'indirizzo senza far vedere che mi serve, e mando un vaglia. Lo spedisco da Alba, non succede niente e io mi sentirò un po' meno vigliacco di come sono. Ti pare, mamma?».

«Fai tu che sai. Bada solo di non insospettire nessuno. Di questi tempi, chi spedisce grossi vaglia è tenuto d'occhio».

Era stato facile far parlare Pinotu. Quello stesso pomeriggio, col treno delle due e quaranta, Giovanni era andato a Alba. All'ufficio postale aveva chiesto un modulo per il vaglia. Incominciando a compilarlo, scrisse in cifre e in lettere «Ventimila», e pensò: «È meglio così e forse le mamme non hanno mai torto. Ventimila lire impressionano di meno, e diecimila, tutto sommato, fanno comodo anche a me, visto che le altre le ha subito requisite mia madre. In questo modo dovrebbe essere tutto a posto, i conti e le coscienze». Prima di rientrare, col treno delle sei, fece tappa da Cignetti, da Berta, da Rava e da Petitti, le maggiori pasticcerie, in via Maestra. Era solo un ragazzo, Giovanni, e se non lo era più voleva sentirsi un ragazzo a tutti i costi, di quelli tradizionali che quando hanno un po' di soldi in tasca corrono a impegnarli in bignole, meringhe e sciantillì. Ma, a differenza delle paste, non era riuscito a digerire il denaro. «Cinquemila me le aveva date, più diecimila che mi sono tenuto fanno quindici; più trenta che le ha mia madre sono quarantacinque e il doppio di quarantacinque è novanta, mentre al sergente ne avevano date solo sessantacinque. Devo fare qualcosa, al più presto».

L'idea gli venne improvvisa, e lo fece sorridere. Comprò venti buste, e in ogni busta infilò un biglietto da cinquecento lire. «Stanotte – si disse – e poi staremo a vedere le reazioni; tolte le spese fatte, a me rimangono quattromila lire, e mi bastano altroché». Ascoltò alla radio i commenti ai fatti del giorno, poi un pezzo di una commedia. Alle dieci uscì furtivamente di casa.

Sullo stradone c'erano tratti di ghiaccio e tratti di fango indurito, la luna piena illuminava la cima di San Cristoforo, da quella parte esposta al solatio, a mezzogiorno, la neve si era sciolta completamente, ancora un mesetto e sarebbero fioriti i mandorli. Ma la notte era intanto gelida, i tetti luccicavano della patina che li copriva, il respiro formava davanti alla bocca nuvolette di vapore acqueo.

Giovanni sorrise pensando a un inverno di parecchi anni prima, quando scolaro della seconda classe elementare si era preso le dita di una mano, in una giornata terribilmente rigida, fra i battenti di una porta. Gli era sembrato che gliele avessero tagliate, le dita, per il gran dolore, e da allora ogni inverno c'era sempre una giornata fredda che gli riportava quel ricordo. A volte, quando le più intirizzite erano le orecchie, Giovanni pensava di farsi pizzicare appunto le orecchie da un uscio che si chiudesse repentino, e provava una sorte di sensazione dolorosa e piacevole assieme come in un sogno brutto quando ci s'accorge di sognare.

Incontrò soltanto Giacobbe. Giacobbe era nato dalle parti di Napoli e Giovanni non sapeva come fosse capitato lì, qualche mese prima: ma si era subito ambientato bene, si arrangiava in vari lavori, dal maniscalco allo stagnaro, e ogni volta che incontrava qualcuno con il quale voleva entrare in confidenza, gli assicurava che Napoli era «più bella assai». Nessuno dubitava, consentendo anzi e dandogli ragione: distendeva, vedere un uomo così aperto e sereno, sia pure sempre su monotona solfa, in una zona dove anche gli apprezzamenti venivano espressi col contagocce. Non che questo riserbo apparisse men che equilibrato e meditato – una fierezza di intendere la vita come un sacrificio costante, di apprezzarla e di trascorrerla in nome di una dignità pudica nel lasciar trasparire sentimenti appena frivoli – soltanto, il contrasto era evidentissimo e tale da far sorridere.

«Dove vai, Giovanni, a quest'ora? Non è troppa salute muoversi in una notte da Siberia. E poi non hai la mantella, ti vuoi buscare un accidenti».

«Ciao, Giacobbe, pensa a Napoli piuttosto. Ho una commissione di un minuto e sono di nuovo subito a casa. Pensa a Napoli piuttosto».

Dopo aver segnato il passo per qualche secondo, ognuno riprese la strada cercando di far lavorare i muscoli per scaldarsi, e Giacobbe non rinunciò a concludere, a mezza voce: «Hai ragione, penso a Napoli che è più bella assai, eh, Napoli, mi sta facendo impazzire di nostalgia...» e terminò quello che ormai era solo più un monologo con le prime note di *O sole mio*.

Giovanni volle accertarsi che non ci fosse nessuno in giro. Guardò in su, alle finestre, più per abitudine che per convinzione, chiunque si fosse messo dietro le persiane a curiosare, l'indomani non avrebbe potuto raccontare niente perché le polmoniti fulminanti mandano al Creatore prima che arrivi il medico. Trasse dalla giacca le venti buste e, svelto, le fece scorrere sotto altrettanti usci, una per casa. Il lavoro gli richiese non più di cinque minuti, e quando lo finì, la strada continuava ad essere deserta.

«Domani sentiremo le reazioni – si disse Giovanni e un leggero sorriso gli increspò le labbra –; ci sarà chi griderà al miracolo, altri correranno a informare il podestà e i carabinieri, credendo a una mossa sovversiva. Se ne parlerà per un pezzo, magari fra qualche anno ci sarà ancora nell'archivio della caserma la pratica delle indagini svolte».

A Giovanni venne in mente che forse sarebbero risaliti in qualche modo fino a lui, ed ebbe un frissun, un brivido di paura. Lo aveva visto Giacobbe, ma non significava niente, quelle buste avrebbero potuto distribuirle dopo mezzanotte, alle tre del mattino, e poi ci volevano prove e nessuno sarebbe stato tanto ardito da ricollegare il denaro con il sergente; infine, chi sapeva quali affari il sergente era andato a concludere a Genova? Solo Giovanni, e forse il taxista, ma il taxista era lontano.

Si sentì più tranquillo, dopo aver esaminato tutte le ipotesi, quando si mise a letto. Nella camera attigua, sua madre dormiva serena, con un respiro robusto, uguale, disteso. Giovanni la immaginò come l'aveva vista tante volte, in inverno, nel grande letto, con le pareti della stanza umide, bagnate per il freddo e i vetri pieni di galaverna che lasciava passare la luce del mattino ma non le forme delle cose. La immaginò sepolta sotto due trapunte, la testa avvolta nel foulard e appena il naso fuori dalle coperte, per respirare meglio. In cucina, al piano di sotto, la stufa consumava l'ultima brace, dietro la stufa c'erano gli scarponi di Giovanni e le zoccole di sua madre, che asciugavano al giusto calore senza rischi di incrinare o arricciare la tomaia; sul vecchio divano, contro la parete della sala dove non entrava mai nessuno, c'erano maglioni da lavare, calze da rammendare, e il gatto che ogni tanto, nel prendere una posizione diversa, si stiracchiava ben bene, inarcando la schiena, con un lungo sbadiglio.

Venne giorno ed era giorno di mercato. Sulla piazza, fra mucchi di neve compatti e più difficili da sciogliersi, gli ortolani della Motta avevano messo i loro banchi di verdure, spinaci, cardi, sedani. Le donne avevano uno scaldino di brace vicino alla scatola metallica dei soldi, lo chiamavano marito con aria complice e ogni tanto vi posavano le mani bluastre per i geloni gonfiati dal freddo; gli uomini facevano sovente la spola fra i banchi e l'osteria di Fino, si bevevano dei bei cicchetti di Acqua del Po che nonostante il nome passava i venti gradi, tornavano fra la verdura invitando a comperare.

Ma la maggior parte del mercato si svolgeva sotto la grande tettoia. Era una vita intensa e quieta, quella che scorreva nella piazza. La bottega di barbiere aveva i vetri appannati dal fiato della gente che aspettava il turno. Eugenio sapeva usare da maestro le macchinette per la sfumatura sul collo. Ne maneggiava di tre tipi: il primo a denti larghi che sfoltivano le chiome più ribelli; il secondo per rimediare ai guasti prodotti dal primo; l'ultimo per i lavori di rifinitura. La terza macchinetta, i denti finissimi e fitti, cantava fin sulla nuca come una falciatrice in un prato di maggio. Poi una buona dose di brillantina, e una nettissima onda fatta con le palme delle mani incuneate fra il ciuffo sulla fronte.

I clienti erano numerosi, specie alla festa e nel giorno di mercato. Attendevano il turno sfogliando la *Domenica del Corriere*, la *Gazzetta del Popolo* e la *Stampa* commentando le notizie, informandosi l'un l'altro se avevano cominciato a legare e a potare le viti.

Massaie vestite di nero attendevano, in piedi vicino a ceste con poche uova e un paio di robiole, che qualcuno comprasse: a mano a mano che finivano la merce, si dirigevano a loro volta ad acquistare percalle, filo e gancetti, e passavano immancabilmente da Battista il droghiere, per le razioni dello zucchero e dell'orzo che sostituiva l'introvabile caffè. Succedeva che qualche massaia comperasse magari una bottiglia di marsala all'uovo, e si giustificava subito se c'era altra gente in negozio: «È per il mio uomo: stanotte non è stato niente bene, non ha smesso un attimo di tossire e speriamo che questa marsala lo tiri su».

I ragazzi che andavano a scuola dovevano passare dalla piazza, indugiavano vicino al banco con gli orologi di latta e le biglie di vetro, si rincorrevano tirandosi palle di neve. Vigiu sfornava pane nero ma continuava lo stesso a cavargli il grato profumo di caldo e di croccante. I benestanti venivano al mercato in calesse, si contavano sulle dita di due mani, e la gente davanti a loro si toglieva il berretto. Nell'osteria di Fino si parlava volentieri di politica, sottovoce, quando si era ben sicuri che nella stanza non ci fosse nessuno a origliare. C'era soprattutto Severo Ponchiello a tenere banco: «Siamo stati traditi, ci aspettano giorni terribili, bisogna organizzarsi prima che sia troppo tardi». Non si capiva bene chi e che cosa avesse tradito, né si sapeva donde iniziare l'eventuale organizzazione della gente delusa dalla guerra.

Le idee erano caotiche, a renderle più arruffate contribuivano i macchinisti dei treni merci provenienti da Alessandria. Essi entravano da Fino a bere qualcosa e lasciavano cadere frasi gravi, tipo: «Presto gli americani sbarcheranno in Italia», oppure «I soldati non hanno più voglia di combattere, non hanno più armi, bisogna già pensare al dopoguerra».

Severo Ponchiello, cinquantenne, asciutto come un marinaio, si tormentava le mani. Non vedeva l'ora di potersi orientare nella confusione che si annunciava, e intanto, quando non c'era pericolo, si esercitava ad assumere atteggiamenti tribunizi. Lo ascoltavano assentendo con il capo, più incerte di lui, le persone del suo giro, fra esse anche qualche fascista ortodosso, che nella mezza rivoluzione verbale di Severo vedeva l'eco legittima della belligeranza permanente proclamata dagli oltranzisti del regime. Giovanni era amico di Severo, dovevano essere persino lontani parenti, perciò si davano del tu nonostante la differenza di età.

Quel mattino, appena alzato, Giovanni cercò subito Severo, e lo trovò nella tavola di fondo dell'osteria, vicino alla stufa rotonda che bruciava solo castagne d'India e segatura. «Guardalo qui il nostro avanguardista. Ma è vero cosa dicono, che alle adunate tu non ci vai più tanto, o sono soltanto voci per farti passare dei guai? Se è così consolati, pare che presto i guai finiranno per tutti. È nell'aria, non lo senti?».

Giovanni non rispose, ma domandò: «Ci sono novità, oggi?».

«E che novità vuoi che ci siano qui, siamo ancora vivi, se questo può essere una novità. No, no, le novità che dico io non si sono ancor fatte annunciare».

Strano, pensò Giovanni. Erano le dieci passate, e nessuno aveva ancora parlato: eppure quella medesima notte venti persone del paese si erano trovate sul pianerottolo, accanto alla porta di casa, una busta con cinquecento lire, senza un biglietto di accompagnamento. Cinquecento lire piovute dal cielo, e il cielo in questo caso era Genova, era la Toscana, era il sergente, la borsa nera, lo stesso Giovanni, nel cui animo intanto andava formandosi un dubbio. Vuoi vedere, si disse, che nessuno ha parlato perché ciascuno crede di essere il solo ad averle ricevute? E magari ha paura, chissà cosa vede dietro quella somma. Altro che indagini, qui intascano e mosca, una pioggia di bei bigliettoni, non gliene importa niente se non sanno a chi dir grazie, forse preferiscono così, vogliono credere alla bacchetta magica. E scopri che se qualcuno vuol essere ingannato, lo è già prima che il ciarlatano apra la bocca.

La primavera del '43 fu splendida. C'era un nuovo segretario del fascio, il grano cresceva bene ovunque – bel frumento tipo *Roma* – e solo nell'orto di guerra, sotto San Rocco, stentava un po' perché si era preteso che la semina la facessero gli scolari e non tutti gli scolari erano versati in agricoltura. Al termine delle scuole ci fu l'adunata al Littorio, c'erano tutti i ragazzi, anche quelli della colonia del sole, e c'erano molti gerarchi che prima dei rispettivi discorsi si molleggiavano atleticamente sulle gambe. A Giovanni la divisa andava ormai un po' stretta, gli tirava nelle maniche e la vita gli stava alta: ma gli avevano detto che non conveniva cambiarla, l'anno dopo avrebbe indossato quella nuova di *Giovane Fascista*. Vennero premiati lupatti, balilla, avanguardisti, piccole italiane, maestre e maestri, e un congruo stuolo di mezze tacche il cui unico merito era di essere sempre presenti alle manifestazioni del partito per il semplice fatto che non avevano assolutamente niente altro da fare.

Giovanni si vide appendere al petto la seconda croce al merito: gliela dettero per incoraggiarlo, perché si riprendesse dopo la piccola crisi che aveva dimostrato nell'ultimo anno. Quella volta non ci furono allusioni agli occhi d'oro, e il sottoprefetto si guardò bene dal parlare di stagioni di guerra.

Il primo seniore ebbe invece più ardire, o una miglior faccia tosta secondo un altro punto di vista: perché parlò della guerra riferendosi a due, a tre anni dopo, nientemeno fece cenno al 1946 come l'epoca in cui tutto il mondo sarebbe stato composto di legionari, e conseguentemente di seniori, di primi seniori, di consoli. Venticinque giorni più tardi, invece, nel Littorio scalpellavano già i fasci scolpiti nella pietra, staccavano dalle pareti i ritratti del duce, e la gente gridava «Libertà», scandiva il semidimenticato «Viva il Re», chi sapeva suonare la tromba improvvisava l'attacco della marcia reale. Questo avveniva il 26 luglio, l'indomani dell'annuncio, dato dalla radio, delle dimissioni di Benito Mussolini.

Giovanni apprese la notizia con dolore vivissimo. La prima cosa a cui pensò fu che non avrebbe più indossato la divisa, né quella stretta, né quell'altra promessagli per l'anno dopo. Cadevano le insegne, i simboli di un ventennio: ma dunque, avevano avuto ragione il sergente, il taxista, i macchinisti, tutti coloro che, pur compiendo il proprio dovere allo scrupolo, non avevano mai creduto nel buon esito della guerra? E adesso?.

«Adesso vedrai, ritornerà tuo padre, riprenderemo a vivere da cristiani – gridò la madre di Giovanni entrando in casa di corsa, appena ebbe appreso la notizia nel negozio di Taddeo –; è caduto, l'hai saputo Giovanni che è caduto? O l'hanno fatto cadere, sia come sia adesso torna tuo padre, va un po' a vedere a che ora arrivano i treni da Senigallia?».

Giovanni andò alla stazione, ma dimenticando di guardare l'orario. Entrò invece da Fino. L'osteria era piena di fumo, di grida, di gente. Davanti al banco di granito rosa, dove c'era la mescita, la gente faceva la fila per bere l'Acqua del Po, l'anice e il maraschino. Offriva Fino, nessuno seppe mai se per coprire un lutto o per marcare vittoria.

Giovanni rintracciò Severo Ponchiello, e gli ci volle un po' per farsi notare. Dovette tirarlo diverse volte per le maniche, chiamandolo per nome con insistenza: quello era tutto preso da un fuoco di parole dove si sentivano di frequente frasi così: «Ce l'abbiamo fatta»; «lo dicevo io»; «sicuro, la guerra continua, con il re»; «Badoglio era già grande nell'altra guerra, lo sarà ancora di più adesso».

Alla fine Severo si volse a Giovanni. «Cosa ne dici tu, eh?, boia di un mondo; ma tu sei giovane, non hai colpe, la colpa è di quelli che ti hanno imbottito la testa con le balle. Adesso siamo liberi, vittoria, ragazzo, vittoria».

«Ma contro chi abbiamo vinto?».

«Contro il duce, no?, contro il fascio. Agli italiani, del fascio non è mai importato niente».

«Eppure il primo del mese, alla festa della scuola c'era tutto il paese...».

«Storie; c'era tutto il paese perché c'era l'obbligo. Ormai l'obbligo non c'è più e il paese se ne rimane a casa».

A Severo rispose una gran risata, qualcuno applaudì, qualcun altro gli domandò: «E adesso che è venuto il momento, come dicevi tu, come te lo aspettavi, adesso cosa facciamo?».

«Calma ragazzi: eseguiremo gli ordini. Bisogna stare con le orecchie dritte e ascoltare solo la voce della coscienza». Tutti assentirono senza aver capito bene a che cosa Severo alludesse, e ripresero a discutere e a cantare.

L'armistizio e lo sbandamento arrivarono insieme. I treni marciavano sprovvisti di orario quei pochi che riuscivano ancora ad andare da Alessandria a Bra e nel senso opposto. Erano pieni di derelitti, soldati che cercavano di tornare a casa, di sfuggire ai tedeschi che già gli davano la caccia come a dei traditori e a dei vili. Con un treno merci arrivò anche – raccontò poi, dopo una settimana di viaggio con mezzi di fortuna – il padre di Giovanni, e aveva certe idee che a Giovanni non dispiacevano per niente anche se rinnegavano quelle di prima. «Abbiamo firmato l'armistizio, adesso i nostri nemici sono i tedeschi, dobbiamo combattere contro di loro e contro quelli che gli tengono mano», diceva in casa, e la madre di Giovanni aveva ripreso a lamentarsi e a piangere: «Sempre guerra è, sempre guerra, ma quando finiremo di tribolare?».

«Credo che cominceremo di nuovo a tribolare, in altra maniera, proprio adesso», aveva tagliato corto il marito, «ma bisogna farlo, se la libertà deve trionfare fino in fondo».

Giovanni trascorreva di nuovo molte ore alla stazione, accanto a suo padre, come tre anni prima. Ed erano in molti con lui, assieme a Severo c'erano Adriano, Pasqualino, Colello, Fino e molti giovani che erano riusciti a tornarsene a casa: distribuivano abiti borghesi agli sbandati, li rifocillavano, gli insegnavano la strada da prendere perché potessero avvicinarsi in fretta al loro paese. Ma intanto i fascisti, stavano riorganizzandosi, compilavano elenchi dei disfattisti, dei *ribelli* agli ordini del governo di Salò.

«Dov'è questo Salò per essere così importante?» aveva domandato Fino, e glielo avevano spiegato a grandi linee.

«Ma allora sono di nuovo loro che mettono i bastoni tra le ruote», aveva esclamato.

«Di nuovo loro» gli avevano risposto.

Passavano i giorni, ottobre era oltre la metà con le sue giornate corte, con le nebbie, con le piogge che anticipavano i giorni dei Santi ormai vicini. Severo era stato a due riunioni segrete, ad Alba e a Santo Stefano, tornando aveva radunato gli uomini dai diciotto anni in su, invitandoli a scegliere. «Questa notte io me ne vado nella Langa; a Manera si sono già organizzati, hanno le armi, hanno le munizioni, le bombe. Chi vuol venire con me, ci troviamo in Moretta alle nove, portatevi dietro un po' di viveri, non sappiamo quanto durerà e quando potremo tornare». Erano partiti in venticinque, Giovanni era con loro ed era il più giovane, l'unico che avesse il padre con sé.

Quando cadde la neve dell'inverno che segnava l'inizio del 1944, Giovanni era orfano di padre, caduto in un'imboscata dalle parti di Montemarino dove ci avevano rimesso la vita altri tre partigiani, e si trovava nella zona di Valdivilla, a presidiare le colline tra Santo Stefano e Mango. Faceva parte di un distaccamento comandato da Walter, un giovane poco più che ventenne il quale aveva frequentato il primo anno dell'Accademia militare. La forza del reparto era di una trentina di uomini, qualcuno attorno ai cinquanta, ma la maggior parte ragazzi appena di leva.

Un giorno Walter, che veniva da Murazzano, aveva preso per un braccio Giovanni e gli aveva domandato: «Allora, te lo sei scelto il nome di battaglia? Ormai quelli che sono con me ce l'hanno tutti, è più prudente, tu cosa aspetti?».

«Io me lo sarei anche trovato – disse Giovanni – solo non so se va bene, è un nome diverso dagli altri, magari fa ridere».

«Non c'è niente che faccia ridere in un nome; e poi, per quanto mi riguarda, potresti ribattezzarti anche con un numero, l'importante è saperlo».

«Allora, se per te va bene, io mi chiamerò *Treno*».

«*Treno*? È strano, sicuro che è strano, è un segreto o si può sapere perché hai scelto proprio quello?».

Giovanni gli raccontò di quando era andato a Genova con il sergente, non gli nascose nulla e aggiunse: «Vedi, io quel treno non riesco a cancellarmelo dalla mente, magari sto dei quindici giorni, anche dei mesi senza pensarci, e poi d'improvviso mi riappare davanti e ho paura. Ti è mai successo di trovarti sotto una galleria mentre passa un treno?».

«No – rispose Walter – mai».

«Invece a me è capitato, una volta. Vicino al mio paese c'è una galleria, poco più di mezzo chilometro; all'inizio fa una curva, poi si allunga in un rettilineo, così quando tu superi la curva, vedi lo sbocco opposto, piccolo come un ditale. Io l'ho percorsa sovente, quella galleria, perché sapevo gli orari dei treni e sceglievo gli intervalli sicuri. Un pomeriggio, avevo appena superato la curva e scorgevo già il chiarore dell'altra parte, quando vedo l'apertura del ditale annerirsi fino a essere tutta occupata da una locomotiva. Il treno avrebbe impiegato dieci, quindici secondi a raggiungermi, e non sapevo se scavalcare i binari e cercare scampo in una nicchia, o se coricarmi a terra, sullo strettissimo marciapiedi, e sperare che la corrente d'aria non mi attirasse sotto. Decisi per questa soluzione, e furono momenti di terrore. Vedevo della brace cadere fra le rotaie, alle mie spalle avevo il fresco acuto dell'aria umida, davanti sentivo il caldo soffocante del fumo. Il treno mi sfiorò, potevo toccarlo, vedevo i finestrini illuminati delle carrozze e le mie unghie graffiavano la pietra dove ero allungato. Fu un'esperienza che non dimenticherò mai: come esperienza. L'episodio del treno ad Alice Bel Colle, invece, non lo dimenticherò mai come se fossi nato con quello chiuso nella testa. Capisci cosa voglio dire? Per questo, se non hai nulla in contrario, vorrei chiamarmi Treno». E il nome gli venne scritto in bianco, sul fazzoletto azzurro che gli svolazzava sulle spalle.

Era una vita difficile, a volte entusiasmante, a volte priva di emozioni che non fossero il girare per le cascine rimediandovi notizie sui movimenti dei repubblichini e dei tedeschi, e qualche pranzo vero capace di riparare alla gran cinghia di quasi tutti i giorni. Era giunta anche al distaccamento di Walter, la voce di altri partigiani, che non andavano troppo per il sottile in fatto di requisizioni per assicurarsi il pranzo e la cena: ma in primo luogo bisognava controllare che fosse vero, e poi gli uomini sono uomini, ci mancherebbe che i votati alle grandi cause non avessero le loro debolezze. Non saranno inoltre i pochi profittatori a sminuirne la nobiltà degli ideali né ad appannarne lo smalto.

Ma appena le nevi si sciolsero, le emozioni giunsero anche troppe. I rifornimenti notturni dal cielo, le rapide sortite, le incerte scaramucce, i nuovi arrivi di giovani che si arruolavano in massa scegliendo di anticipare una vita libera per i bricchi della Langa, ricompensavano già dei patimenti, delle sofferenze, dei lutti. E furono lutti atroci, giorni a volte grigi a volte radiosi. Era difficile far progetti che andassero oltre il domani, al più si diceva appunto: «Domani faremo, domani andremo» e pareva già un buon traguardo.

In aprile il distaccamento aveva perduto una decina di uomini, caduti da coraggiosi, da forti. I treni non marciavano più da Alessandria a Bra, ma soltanto fino ad Alba: prima del Mussotto era saltato il ponte sul Tanaro, tutte le arcate si erano inginocchiate nel fiume.

Una sera Walter aveva detto a Giovanni: «Tienti pronto, stanotte con altri venti ragazzi torni al tuo paese. Dovete partire presto, dovete arrivare nella stazione alle sei, perché il treno delle sette trasporta numerosi repubblichini e un loro capoccia. Dovete prelevarli e portarli qui, del treno fatene quel che vi pare». Poi Walter aveva aggiunto: «Ieri, a Murazzano ho incontrato Severo Ponchiello, lo conosci no? Adesso il suo nome è Bruno. Mi ha domandato di te, mi ha detto che ti chiamavano l'avanguardista dagli occhi d'oro, è vero?».

«Sì che è vero, ma è passato tanto tempo, quattro anni e mi sembra tutta una vita. Fammi un favore, Walter, dimmi che sono il partigiano dagli occhi d'oro, aiutami ad esserlo, se mi stai vicino lo sarò di sicuro. Vuoi?».

«Per me lo sei già, diamine, il colore degli occhi mica cambia con quello della divisa». Sorrisero entrambi, tutt'attorno era buio, e in quel buio c'erano migliaia di pensieri, di menti, di uomini a vegliare sognando il giorno in cui si sarebbero messe a suonare le campane della liberazione.

Partirono stipati su una Balilla a tre marce catturata il mese prima a un avaro possidente e su una Millecento quasi nuova che apparteneva al Biondino, uno dei partigiani di Walter. Dicevano che il Biondino l'aveva messa a disposizione per guadagnarsi delle benemerenze, ma lo dicevano solo gli invidiosi. Entrambe le macchine bruciavano alcool, nafta, spirito denaturato assieme a modeste percentuali di benzina, e facevano un fumo nero, denso e acre come per essere individuate meglio da lontano. Gli autisti non cercavano affatto di limitare l'inconveniente; anzi, imballavano i motori nelle marce basse, li mandavano su di giri lavorando allo stesso tempo di frizione: dopo ogni viaggio l'interno delle vetture era quasi irrespirabile per l'odore forte dei gas di scarico, più forte di quello del sudore e della polvere.

Giovanni era a cavalcioni di un parafango della Balilla, il mitra al collo, lo sten a bandoliera, le bombe a mano agganciate alla cinta, i caricatori infilati nei calzettoni verdi e nelle apposite custodie cucite sul fianco dei calzoncini neri cortissimi. In capo aveva un berretto alpino senza la penna. Maitino era sull'altro parafango, la sua divisa non aveva nulla in comune con l'abbigliamento di Giovanni. Maitino portava, fieramente, una bustina da ufficiale senza i gradi. Aveva un giaccone imbottito di piume d'oca che lo faceva bello grasso e rotondo; sotto, i calzoni di telo-tenda mimetizzato, ma piuttosto lunghi, fin quasi al ginocchio tanto che aveva dovuto accorciarli con un vistoso orlo improvvisato perché non gli intralciassero troppo i movimenti. Sul tetto della Balilla era piazzata una mitragliatrice, e dietro la mitragliatrice c'era Poto, un meccanico delle parti di Camo, che si sosteneva con una mano al portapacchi e, con le gambe divaricate, al bauletto della ruota di scorta della macchina. Poto aveva le giberne, ma ci teneva dentro soltanto le sigarette perché tutto il suo corpo era una polveriera, aveva i nastri della mitraglia che gli fasciavano la schiena, lo stomaco, gli passavano sotto le ascelle. Ostentava un berretto con la visiera sistemato in modo che questa gli spiovesse verso il collo e un paio di occhialoni dal vetro giallino. Se invece che sulla macchina fosse stato in bicicletta, di lontano avrebbe potuto assomigliare a Bartali nel vittorioso Giro di Francia del '38.

Poto era il comandante del drappello in missione. «Forza *fieuj*, bravi, forza ragazzi – urlò di lassù – ce la faremo anche questa volta. Se non gliela diamo noi una mano agli alleati, chissà quando si decidono ad arrivare».

«Dici bene – fece Giovanni girandosi verso di lui – e quelli là mica se lo immaginano che da queste parti è dura così. Magari loro credono che ci divertiamo al tiro a bersaglio».

«E il bersaglio siamo noi, il più delle volte, mondo boia», fece eco Maitino.

La Millecento superò la Balilla nel breve rettilineo dei Micca, prese la curva in fondo alla strada su due ruote e dopo pochi metri ritornò con le quattro ruote a terra sollevando polvere e schizzando ghiaia da tutte le parti.

«Volete morire prima del tempo? – chiese Poto – . Se gli racconto a Walter che guidate così, ve la sognate un'altra volta la macchina», ma quelli erano ormai lontani, non potevano sentirlo, e avevano attaccato una canzone di guerra. Disse Maitino: «Fosse questione di menare le mani, io mi metto da solo contro quattro o cinque di quelli là, e poi si vede; ma così è diverso. Loro hanno i carri armati, i lanciafiamme, e tanti ne muoiono, tanti ne rimandano avanti».

Disse Giovanni: «Sono gli ultimi tentativi di metterci i bastoni in mezzo alle ruote. Noi non abbiamo tante armi, ma tutta la gente è con noi, vuol dire che siamo dalla parte del giusto. Cosa ne dici, Poto?».

«Ehi, altroché» rispose Poto, e poi batté contro il parabrezza della macchina perché spegnessero il filo di luce dei fanali, ormai si era al Monastero, si intravedeva, alle luci dell'alba, tra i pioppi della Tinella che mettevano le prime foglie, la stazione ferroviaria.

La occuparono in due minuti. Poto entrò nell'ufficio del capostazione assieme a Giovanni. «Per un'ora comandiamo noi – ammonì – e per un'ora lei deve dimenticarsi della nostra presenza. I treni devono viaggiare come se niente fosse. Le lascio qui questo partigiano. Ha l'ordine di sparare se lei cerca di fare di testa sua».

Dato uno sguardo d'intesa a Giovanni, uscì a disporre gli altri uomini in modo da non lasciar nulla di imprevisto o di affidato alla pericolosa improvvisazione. Cinque minuti dopo, dei venti partigiani non c'era nemmeno l'ombra, se ne stavano tutti acquattati, in attesa che arrivasse il treno da Alessandria. Per i radi viaggiatori, quello aveva tutto l'aspetto di un gioco e vi partecipavano da scettici facendo finta di niente. «Non dovete temere – li aveva rassicurati Poto – non ci sarà spargimento di sangue, parola di partigiano». E la parola fu mantenuta.

Quando suonò la campanella per annunciare il convoglio, Giovanni domandò al capostazione: «Ha paura?».

«Neanche un po', io ero in guerra prima che tu nascessi»

«Ma questa è una guerra diversa».

«Nessuna guerra è diversa – osservò il capostazione – in tutte c'è chi muore, chi si salva, chi ottiene le medaglie, chi non le ottiene. Bisogna però ammettere che c'è differenza tra l'anno scorso e adesso: quella era la guerra senza speranza voluta dagli esaltati e non dagli italiani; questa è la guerra piena di speranza di tutto il popolo che vuol tornare a sentirsi libero».

Giovanni sorrise: «Parlate bene, capo. Quanto tempo è passato, eh?, da quando venivo qui a rifornire i soldati delle tradotte. E anche lei, poi, delle belle divise da ferroviere le ha distribuite agli sbandati, mettendoli in salvo sui treni merci».

Disse il capostazione: «Tieni i nervi saldi, ora, e vedrai che tutto andrà bene. Intanto, lascia che vada a presenziare l'arrivo del treno, perché tutto deve sembrare normale. L'ha detto il tuo superiore, no?».

Appena il treno si fermò, i partigiani sgusciarono dai loro nascondigli, spalancarono le porte delle carrozze, armi in pugno fecero scendere i passeggeri. Non ci furono resistenze. Otto viaggiatori vennero trattenuti, nel magazzino della piccola velocità, e Poto gli mise due uomini di guardia. Quando non ci furono dubbi che il convoglio era proprio vuoto, Poto chiamò il macchinista e il fuochista nell'ufficio del capostazione e dette loro l'ordine di far partire il treno a tutto vapore e di saltare immediatamente giù, lasciandolo viaggiare senza guida finché si sarebbe fracassato nel Tanaro, precipitando dal ponte interrotto di Alba.

Così fece il macchinista, tra l'emozione curiosa dei passeggeri. Il capostazione, autorizzato, diede l'SOS alla stazione di Alba, avvertendo di quanto stava per succedere, perché si predisponesse la via libera con tutte le precauzioni del caso. Il destino del treno si compì in dieci minuti, sfrecciò nella stazione di Alba a oltre cento chilometri all'ora, su binari collaudati per una velocità di appena settanta, e sembrava dovesse balzar fuori dalle rotaie ogni momento. Nel Tanaro cadde come un giocattolo spinto da un bimbo giù dal tavolo, e per molti giorni costituì l'oggetto del curioso interesse dei langaroli che affluirono in lunghe file a vedere.

«Bel lavoro, vero capo?» disse Poto.

«La cattura dei repubblichini, sicuro, niente da dire, un bel lavoro davvero».

«No – riprese Poto – bel lavoro la fine del treno».

«Non so, poteva essere pericoloso – rispose il capostazione – e poi per uno come me, che è sempre in mezzo ai treni, fa malinconia vederne uno finire così, sapere che è finito così».

«Bisogna capirlo il capo – osservò Giovanni – è un uomo attaccato al dovere, all'ordine...».

«Non sarà mica un fascista?», s'informò Maitino.

Il funzionario lo guardò sorridendo: «Avevo la tessera, sicuro, perché dovevo mangiare, perché il mio mestiere è questo. Però un treno è sempre un treno, costa dei soldi».

«Ma sono i repubblichini che lo fanno andare, ancora per poco, ma adesso è dei repubblichini», alzò la voce Poto dando un pugno sul tavolo dei telegrafi.

«Però sopra ci vanno gli italiani», ribatté il capostazione.

«Portiamo via anche lui», propose Maitino.

«No – si intromise Giovanni – io lo conosco bene il capo, è dalla nostra parte, ci ha aiutati. Se queste sono le sue idee, perché dobbiamo portarcelo via? Sono le sue idee. Sa che abbiamo ragione, ma ha le sue idee, e deve poterle dire. Non combattiamo forse perché ognuno possa dire quello che pensa? Il treno nel Tanaro può servire anche a questo».

Poto annuì adagio, e dette la mano al capostazione. «È in gamba, vero, il ragazzo? Mi dispiace per il battibecco. Comunque capisco cosa lei intendeva dire, a proposito del treno. Noi combattiamo con le armi che abbiamo, la vita del partigiano è questa. E adesso – concluse – mi dispiace, capo, di darle un altro dolore, ma io devo fare di tutto per la nostra causa, per non esporre inutilmente a dei rischi i nostri ragazzi che di sacrifici ne fanno già fin troppi. Su, state indietro». Afferrò per la canna un pesante fucile mitragliatore e lo abbatté dalla parte del calcio, più volte, sui due telegrafi, che si piegarono, si contorsero, tacquero, spenti.

Poi, Poto andò nel magazzino, iniziò l'interrogatorio degli otto fermati. Ne trattenne sei, gli altri due li lasciò in libertà. Offrì loro una sigaretta e disse: «Se vi riuscirà di incontrare i vostri amici, raccontategli quello che avete visto oggi, spiegategli che siete liberi perché i partigiani vi hanno lasciato andare. I partigiani, non i ribelli. Ricordateglielo, che noi combattiamo per una causa di cui un giorno si avvantaggeranno anch'essi». Gli altri sei, se li portarono dietro, attraverso le colline, li ebbero come ostaggi, ne barattarono la vita con quella di dodici partigiani in carcere ad Asti. E anche quella volta Giovanni si vide ritornare nella mente il fantasma del sergente, se lo sentì vicino, muto e freddo, per diverse notti.

Dopo l'episodio della stazione, erano arrivati in paese i tedeschi, avevano interrogato, cercato, minacciato assieme ai fascisti di Salò, e siccome nessuno parlava, si erano rifatti con lo spedire in Germania i più pacifici ed inoffensivi dei borghigiani. Poi c'erano stati scontri a fuoco, fucilazioni, imboscate, ogni casale aveva un lutto. Giovanni si era visto morire Maitino quasi tra le braccia, vicino a San Bovo. Quell'azione era cominciata bene, dall'alto la mitraglia partigiana si era fatta rispettare, disorientando i tedeschi che puntavano su Cortemilia. Maitino aveva commesso l'imprudenza di scoprirsi troppo presto, si era alzato gridando: «Ragazzi, se ne vanno, li abbiamo messi in fuga, dieci contro duecento, porco demonio se la racconterò questa». E invece non la poté raccontare mai, povero Maitino, generoso e ingenuo: una pallottola lo aveva preso nella pancia, lo aveva steso vicino al grano già alto, la macchia di sangue si era allargata in un minuto fino a bagnare la terra sotto la schiena. Ebbe ancora la forza di dire: «Raccontatela voi, allora, per me, e mi raccomando, raccontatela giusta. Mi tocca andarmene, sapeste quanto mi dispiace ma mi tocca andarmene». Mentre se lo portavano all'accampamento, attaccarono fra le lacrime l'ultima strofa di *Bella ciao*.

Poto lo avevano trasferito a un'altra brigata, piuttosto lontano, dalle parti di Benevagienna. Quando partì, salutò Giovanni dicendogli: «Non farti prendere dalla commozione, adesso. Lo sappiamo tutti che è triste separarsi, ma prima o poi tocca a tutti; e finché ci separiamo in questa maniera qui, va ancora bene, non ti sembra, Treno?». Lo aveva chiamato col nome di battaglia, e per rincuorarlo lo aveva assicurato: «Lo sai che nei paesi qui intorno ti chiamano il partigiano dagli occhi d'oro? Sono soprattutto le ragazze che ti chiamano così; vedrai, quando sarà finita e avremo vinto, tu sfilerai per le strade di Alba. Cerca di metterti dalla parte del marciapiedi, neh, mi raccomando, così ti riconosceranno e ti getteranno baci, fiori e sorrisi. In gamba e in bocca al lupo».

Poto era partito, lasciando il posto ai rincalzi, giovani e anziani che rinfoltivano le file della Resistenza nella Langa. Il nuovo comandante si chiamava Primo, Walter lo avevano mandato al Bricco, a un posto di minor responsabilità ma molto più pericoloso.

Era passato un altro mese, Giovanni aveva avuto dodici ore di permesso per andare al paese, a trovare la madre. «È un sacco di tempo che non la vedo, povera donna, mi piacerebbe starle un poco vicino, è sola adesso, dev'essere brutto trovarsi soli così, di colpo». Primo gli aveva ricordato: «È un rischio. Dopo che hanno ripreso Alba, i repubblichini fanno i furbi, sono in tutti i posti e là tu sei troppo conosciuto».

«Vado e vengo – aveva risposto Giovanni – dammi poche ore e torno qui, magari faccio un salto a trovare Walter, chissà come si trova Walter al Bricco».

Alle quattro del mattino era già chiaro, e Giovanni si incamminò a piedi. Giunse in paese alle sette e mezza, la casa era vuota. «Ciao, Treno – gli disse un ragazzino – cerchi tua madre?».

«Zitto, Romano, non lo sai che non bisogna far nomi?». Giovanni sorrise e accarezzò Romano: «Cerco mia madre, ma non c'è».

«È in chiesa, l'ho vista io con la *cuefa* in testa, saranno dieci minuti, che andava verso la chiesa».

In chiesa c'erano solo donne, molte donne di tutte le età e ragazzi vestiti da Luigini che servivano Messa. Don Delpero era al Sanctus, e d'improvviso si sentì una lunga raffica di mitraglia prima di percepire il rumore degli aeroplani che pochi attimi dopo rombavano sul paese. Altre raffiche e poi il primo boato staccò calcinacci dalla volta della chiesa. Il prete lasciò l'altare e, raccomandando inutilmente la calma, invitò i fedeli a serrarsi in sacrestia, nella cella campanaria. Le donne strillavano e gridavano giaculatorie. Giovanni abbracciò la madre, la sollevò tra le braccia, corse con lei verso la porta della sacrestia, mentre altri boati si susseguivano e nella chiesa si alzava il polverone.

«Non uscite, non uscite, le bombe cadono proprio qui» urlò don Delpero, ma Giovanni non gli dette ascolto, si precipitò con la madre a cercare scampo nella galleria, distante cento metri. Davanti alla galleria c'era già una fossa enorme, larga come la massicciata ferroviaria e le rotaie si levavano in aria contorte, in una posizione innaturale. Giovanni si buttò nella scarpata, guardò in alto e vide gli aeroplani che dopo un ultimo giro si allontanavano. Allora corse, sorreggendo con fatica sua madre, verso lo stradone, qualcuno già usciva di casa, qualcuno cominciava a sussurrare, con gli occhi rossi di fuliggine e di lacrime: «Sembra che ci siano dei morti». Altri dicevano: «Ma erano aeroplani tedeschi o inglesi? Perché bombardare proprio qui, qui dove non c'è niente da colpire?». Ci fu chi volle spiegare l'episodio a tutti i costi, e tenne lezione. Poi una donna gridò, correndo verso le case che si affacciavano sullo stradone: «Arrivano i tedeschi, i repubblichini. Ce n'è un'intera colonna, hanno i carri armati, sparano e cantano. Madonna mia, aiutateci voi». Giovanni affidò la madre a Fino. Fino gli disse: «Scappa, *masnà*, scappa ragazzo, mentre sei in tempo, a questa ci penso io, va tranquillo, glielo dico io che sei salvo».

Giovanni tagliò dalla stazione; faceva caldo, le cicale cominciavano a frinire sulle albere lungo la Tinella. Superò la fornace, prese dai Biestri e salì al Bricco, a dare l'allarme. Non pensava tanto a salvarsi, a mettersi al sicuro, quanto ad avvertire Walter del pericolo. Lo trovò davanti alle scuole, con cinque partigiani e uno stuolo di donne scosse dal bombardamento che volevano sapere e si agitavano esclamando, lamentandosi del fatto che neppure in campagna si era sicuri contro gli attacchi aerei. Giovanni prese Walter da parte e gli disse: «Ci siamo, li abbiamo addosso, li hanno visti al Tosone, non è detto che sappiano di noi, ma se vengono su cosa dici di fare?».

«Resistere – rispose Walter –; non capisco bene questo movimento, però dobbiamo resistere, voi cosa ne dite?».

Gli altri, interpellati, si schierarono con questa decisione. Uno soltanto osservò: «Ma se sono tanti come sembra, noi abbiamo qualche possibilità?».

«La notizia l'ha portata in paese una donna, dopo il bombardamento; può darsi che abbia stravisto, che abbia scambiato un camion per un carro armato. Comunque ci accerteremo, e ci conviene andarli ad aspettare all'inizio della Serra Boella». Poi Walter si volse alle donne che continuavano a lamentarsi senza concludere nulla: «Correte in casa, qui c'è pericolo. Dite ai ragazzi, ai maschi, di andare a nascondersi nei *crutin*, e se sono *crutin* davvero sicuri cercatevi rifugio anche voi. Fra poco sentirete sparare. Noi siamo in pochi, ma loro sono matti, per ognuno che gliene becchiamo sono capaci di fare la rappresaglia. Coraggio». Quelle si allontanarono di corsa, con uno scarto, come polli nella stalla quando nitrisce di sorpresa il cavallo.

«Tagliare su di qui e raggiungere Valdivilla, non ci conviene, eh?, Walter, cosa dici, non ci conviene. Li aspettiamo?».

Walter spiegò: «I casi sono due: o non sanno che noi siamo qui – ma questo mi sembra improbabile – e allora non abbiamo nulla da temere, può darsi che passino dal paese e vadano ad Alba senza fermarsi. Ma se sanno che ci siamo, allora non smetteranno di cercarci, state sicuri, e noi fuggendo potremmo portarli involontariamente dove c'è il grosso dei nostri. Andiamo ad attestarci e vedremo».

Lo sten pesava nelle mani del partigiano Treno, il ragno di campagna era caduto dallo stelo, non si vedeva più, doveva essersi acquattato nel fresco dell'erba. Più in basso del municipio, più in basso del cortile della filatura, allargando sulla destra, il partigiano Treno vedeva la propria casa, con il cortile e l'orto incolto, con la finestra della sua camera dove si dormiva bene anche d'inverno perché c'erano dieci centimetri di coperte sul letto.

«Chissà se ci tornerò a dormire, se rivedrò mia madre, se mi farò ancora tagliare i capelli da Eugenio. Chissà cosa scriveranno sulla mia lapide».

Due camion di repubblichini e di tedeschi avevano già superato la curva. Si sentirono i motori fermarsi di colpo, poi degli ordini secchi e i camion avanzarono di nuovo.

Il partigiano Treno guardò sulla propria sinistra,

osservò bene i profili dei suoi sei compagni, domandandosi quale sarebbe stato il primo a cadere. Udì Walter gridare: «Adesso», ma non fece in tempo a premere il grilletto. Con balzi fitti e veloci i proiettili della mitragliatrice erano arrivati fino a lui, segnando il bordo del fosso di tante buche come se una talpa si fosse divertita in un gioco di gallerie a fior di terra. Uno dei proiettili gli camminò sulla guancia destra conficcandosi in un polmone. Il sangue spruzzò sull'erba alla menta, sull'alfalfa, sulla *vidula*: e Giovanni Mentore, detto Treno, rimase là, riverso nel fosso, come i suoi compagni crivellati nella strada, informi e tragici nelle divise di telo.

Giovanni aveva gli occhi aperti, il sole alto sulla collina abbacinava quegli occhi, vi traeva gli ultimi, fiochi barbagli delle pagliuzze dorate.

# L'ultimo traghettatore del Tanaro

Adesso non so bene che cosa faccia – può fare cento mestieri – e sino a pochi anni fa, cinque o sei, era il traghettatore del Tanaro tra la sponda di Neive e quella di Guarene, nell'Albese. Si chiama Aurelio Agnelli e ha svolto il suo antico lavoro con un senso del dovere e della responsabilità davvero raro. Ché il dovere era molto e la responsabilità grande: prendere a bordo del traghetto, anche quando il fiume mugghiava in piena, camioncini, carri agricoli, semplici pedoni, e così tutto il giorno rispondendo alla voce di chi doveva superare in quel punto il Tanaro, non si può dire affare di poco. Ne parlo al passato perché il suo mestiere è scomparso, ma so che il suo aspetto è sempre asciutto, che il suo volto magro mantiene l'impronta del sole, che i suoi pantaloni di fustagno sono sempre più grandi rispetto alle necessità delle gambe nervose.

E lo chiamerò Aurelio, perché così gli davano voce tutti, accorciando anzi il nome in un *Réliu* di marcata nobiltà dialettale.

La disinvoltura nello spingere il doppio barcone unito a zattera sulle acque capricciose del fiume, l'aveva sicuramente nel sangue. Il bisnonno, il nonno, il padre erano campati felici in quel modo: e Aurelio si trovò nostromo, mozzo e capitano assieme, appena ebbe terminato le scuole elementari. Così egli raccontava, e così lo conobbi un giorno, sul ponte della sua romantica imbarcazione, un'estate di tanti anni fa. Spiccava, nel suo abbigliamento, una canottiera di lana azzurra, e un berrettuccio con la visiera ma senza pretese di comando. L'ho rivisto, da allora, molte volte, e il suo aspetto non mi pare sia mutato poi molto nel modo di vestire. E siccome l'ho incontrato esclusivamente d'estate, anche quel maglioncino mi sembra fosse sempre lo stesso, o almeno del medesimo colore: magari le donne di casa, ogni inverno, gliene preparavano uno, nella tinta che evidentemente era venuta assumendo il ruolo di divisa.

Aurelio avrà oggi cinquant'anni, ma ne dimostra trenta, tanti quanti ne dava quando aveva solo vent'anni. È difficile leggere l'età alla gente di fiume che finisce con il raccogliere la perenne giovinezza e la forte compattezza del corso d'acqua sul quale vive. E Aurelio proprio sul Tanaro viveva, notte e giorno, col tempo bello e col brutto, quando il sole richiamava avventurosi bagnanti e quando il freddo stendeva una coltre gelata sull'acqua. Perché allora il fiume, nelle giornate della merla, a fine gennaio, gelava davvero, tanto che alcuni barrocciai di sangue caldo ardivano camminarvi sopra con i loro cavalli, fiduciosi nella solidità e nello spessore del ghiaccio. Adesso non succede più, che ci sia tanta audacia bislacca e tanto rigide stagioni.

Adesso il fiume ha leggermente deviato il suo corso, e appena più a valle, duecento o trecento metri, c'è un ponte che lo scavalca e che ha reso inutile la funzione del traghetto. E del traghetto, in poco tempo, è rimasto quasi nulla: le grandi ruote della robusta pedana per salire a bordo; il rocchetto su cui scorreva il filo d'acciaio teso da una riva all'altra e al quale si appendevano i monelli durante la traversata; un pezzo d'asse marcito nella pozza verdastra formatasi dove il Tanaro si è ritirato. Eppure il vecchio traghetto caratterizzava la grande ansa del fiume, era come una pietra miliare lungo la serpentina incassata per parecchi chilometri fra suolo ghiaioso e distese di pioppi. Venendo da Alba, attraverso gli orti della Vacchèria, il barcone fluviale era parte intima del paesaggio, come la torre di Barbaresco che si specchia nell'acqua cento metri più in basso disegnando, assieme alla roccia calcarea bucata da radi arbusti, immagini che avrebbero fatto la felicità dei macchiaioli.

Sul traghetto, accanto a un'infinità di attrezzi per la pesca, era sistemato un casotto di legno dove Aurelio trascorreva la notte, e in inverno, tutte le ore del giorno libere dal lavoro. D'estate l'interno del casotto, un'autentica garitta, era torrido, non ci si poteva trattenere che pochi minuti finché il sole non calava dietro il Monviso. Ma quando scuriva e la rugiada scendeva nella vallata, tenendo la porta e i tre finestrini aperti, vi si poteva anche dormire: bisognava avere la pelle dura, si capisce, per reggere l'offensiva delle zanzare attirate anche soltanto dalla brace della sigaretta, e possedere il senso amico della solitudine per non perdersi nel silenzio profondo rotto appena da improvvisi gracidii di ranocchie. E Aurelio, l'ho detto, pelle d'acciaio aveva, levigata dall'acqua: perché nell'acqua, anzi sott'acqua, egli trascorreva parecchio tempo ogni giorno, pescando con le mani anguille e cavedani con una abilità affinata dalla lunga esperienza.

Riusciva a dirottare i pesci, specie quando il fiume aveva minima portata, nei mesi più afosi, quasi inseguendoli verso le piccole grotte lungo la riva, e lì incuneava temerariamente le mani, stringendo ogni preda con accorgimenti capaci di vincere la scivolosità delle squame. Qualche volta, in operazioni del genere, si era ben trovato tra le dita delle spaventatissime bisce d'acqua, di quelle che hanno sul capo una sorta di corona: mica si turbava, anzi, contemplava un poco il rettile scuotendo la testa come a dire che quello era merce non commestibile, e gli ridava la libertà scagliandolo lontano, nel mezzo del Tanaro.

In autunno fino a San Martino, c'era molto lavoro perché bisognava traghettare in continuazione i carri con le bigonce cariche d'uva e poi con le botti piene di vino nuovo: e allora veniva un fratello di Aurelio a dare una mano, nella traversata del fiume e nello spronare i cavalli che tendevano il collo per lo sforzo di vincere la salitella, segnata dalle ruote, che immetteva in uno stradone pieno di polvere o di fango a seconda delle stagioni. Poi, con le nebbie più fitte e le prime brine, ben poca gente si serviva del traghetto: qualcuno la domenica, e molti il 22 dicembre, per la fiera dei capponi che richiamava a Neive commercianti, buongustai e buontemponi fino da Poirino e Canale. Ma tranne questi casi, c'erano dei giorni in cui il barcone non si staccava da riva nemmeno una volta. Bisognava presenziarlo, comunque, perché poteva sempre esserci l'innamorato in bicicletta che gli era preso il ticchio di andare a trovar la morosa di là dal fiume:

non c'era verso di dirgli di no, e magari non si sfuggiva neppure al dettagliato racconto, durante la traversata, dell'ultima sua avventura galante

Così le giornate erano lunghe a passare, senza un diversivo che non fosse precario. Aurelio, allora, si chiudeva nel casotto, si preparava il caffè con la Primus ad alcool, poi aggiustava i tramagli, le reti per la pesca, raddrizzava gli ami, sollevando di tanto in tanto il capo a contemplare, da un lato la torre di Barbaresco, e all'estremo opposto la curva del fiume vicino al Ponte Rosso. Sapeva quanti passi c'erano dal casotto alla casa vera, quanti pioppi lungo le due rive e a chi appartenevano; poteva prevedere, con uno scarto di ore, tutti i mutamenti del tempo. Probabilmente «sentiva» anche il passaggio dei pesci in quel braccio del Tanaro, perché capitava che d'improvviso interrompesse un lavoro non urgente per scendere in acqua con la rete o con la lenza, facendo sempre delle buone catture.

Dove c'era il traghetto e la strada polverosa che vi portava, adesso crescono i rovi. Il fiume ha deviato un poco il suo corso, durante un'alluvione più violenta, e la strada è diventata un sentiero dove si passa appena con la motoretta, chiuso come un budello dalla vegetazione che gli cresce attorno rigogliosa e incolta. Anche il Ponte Rosso non è più lui, la sua unica arcata si confonde con il nastro d'asfalto che gli corre accanto proseguendo sul grande e robusto ponte nuovo, quello che supera il fiume e che ha ucciso il traghetto. Si fa più in fretta, così, da Coazzolo e da Neviglie ad andare a Torino, e chi deve passare da una riva all'altra del Tanaro non dà più voce ad Aurelio, ma spinge sull'acceleratore dell'auto scavalcando il fiume in pochi secondi.

Neppure i bagnanti vanno più nell'ansa che aveva caratterizzato il percorso del fiume sotto Barbaresco: hanno scelto altri lidi, hanno rinnegato il luogo dove si erano costruiti tanti svaghi estivi sognando che il Tanaro fosse il mare. E nell'acqua, inquinata dagli scarichi industriali, i pesci si sono diradati, sono quasi scomparsi dopo vari tentativi per adattarsi al nuovo ambiente.

A questo punto anche Aurelio se n'è andato, via. La sua presenza era superflua. Ha fatto fagotto, come dicono da quelle parti, portandosi addosso il berretto a visiera, il maglioncino azzurro, i pantaloni larghi di fustagno e, di sicuro, un gran magone di malinconia.

# Memorie di un pilone votivo

Sono un pilone votivo e qualcuno m'ha prestato la voce, soltanto per oggi. È un'emozione nuova per me, dire delle emozioni finora provate e finora inespresse.

Novembre mi ha spogliato del capelvenere e dell'edera comune, lasciandomi addosso appena l'intelaiatura d'un vasto disegno a più colori con il quale d'estate mi confondo quasi nel verde della campagna. Adesso il rosso cupo dei miei mattoni spicca e si vede di lontano; dalla grata che protegge il finestruolo, a destra dell'ingresso, si può guardarmi dentro, non ci sono foglie né viluppi rampicanti a interrompere la vista dei curiosi. Del tutto scoperta di guarnigioni stagionali è anche la porta: bel legno di rovere, consumato e stinto ormai, e tanta ruggine nei cardini, scommetto fin nella toppa dove non ricordo d'aver sentito girare la chiave.

Sono stato costruito mezzo secolo fa, e mi sembra che il capomastro parlasse di dodici metri quadri alludendo alle mie misure, quando venne il prete con due consiglieri comunali a inaugurarmi. Il prete disse la Messa: perché ho un altare minuscolo ma perfetto, e due banchi per chi vuole inginocchiarsi a pregare.

Io sorsi per ragioni più propiziatorie che votive, ma siccome su per queste colline i piloni sono votivi tutti, così l'aggettivo è rimasto anche a me: fu dopo tre vendemmie di grandine, chicchi grossi come gli acini già pieni quando formano i grappoli d'agosto. Gli uomini della borgata si radunarono e decisero di innalzarmi proprio al crocicchio dove la tempesta aveva battuto di più. In due mesi ero ultimato, lustro, nuovissimo; l'estate successiva avevo alle pareti ogni arredo per le funzioni dei giorni festivi. E non grandinò più, e quando, trascorso l'intero periodo dei pericoli stagionali, le uve si tinsero di rosso sui tralci, compatte, senza traccia nemmeno di muffe cattive, io fui «occupato» tutto un giorno: mi frastornarono di voci, di canti, di ammirati consensi, al mio altare si celebrò persino il Vespro e venne data la benedizione con l'Ostensorio. Sebastiano, il santo cui appartengo, ebbe quella volta e in molte altre occasioni dopo, mazzi di fiori di campo all'immagine che lo ritrae trafitto da frecce crudeli, durante il martirio.

Le mie più grandi soddisfazioni le ho sempre conosciute tra la primavera e l'autunno. Quando la neve prendeva a sciogliersi anche negli *aivé* a ponente, mi lasciavano di giorno la porta aperta, così da garantirmi il sole a mano a mano più caldo, poi, nel periodo della canicola, da attirarmi fin dentro l'ombra gradita dei quattro frassini che fiancheggiano il sentiero, sulla mia sinistra. La gente che passava di lì spingeva ancora un poco il battente, si metteva in ginocchio a uno dei banchi, raccogliendosi a meditare e a far progetti, infilando una breve preghiera fra le varie richieste. Erano anche soste di riposo, nel fresco che danno le mie mura spesse ricavate in mezzo al solido tufo.

Qualcuno, come sempre, ne approfittava per altre necessità, ma sono sicuro che non c'era il minimo di malanimo o anche solo di trascuratezza: come si fa a rimproverare il poverello accaldato e sfinito dalla fatica del cammino, che viene a esaurire il suo misero pasto in un canto, sotto il finestruolo, e si stende poi sul pavimento di cotto sonnecchiando in chiave di contrabbasso? Non c'è anima più pura di quella, non c'è peccatore più soave e inconsapevole.

Verso sera correvano a giocarmi attorno i bambini della collina, ma se appena mi ardivano una sfrontatezza, subito gli appariva sul volto il dispiacere, assolutorio nella forma più estesa. Il priore della borgata, cioè l'uomo più saggio per età, aveva l'incarico di venire, a notte, per serrare l'uscio a chiave: non che io avessi paura, ma era un riguardo che suonava per me come un'espressione di rispetto. Solo un paio di volte lo attesi invano, il priore, e seppi il giorno dopo dai discorsi dei contadini, della gran bevuta che lo aveva sollevato di ogni preoccupazione esonerandolo da qualsiasi incarico: fu quando gli nacque il primo nipotino maschio, e quando la radio annunciò le dimissioni del duce.

A quell'epoca io ero un pilone votivo appena maggiorenne, mi tenevano bene, se una tegola sgocciolava macchiando il soffitto, subito cambiavano la tegola; se un tratto di intonaco veniva spinto dall'umidità giù dal muro, c'era il *furicc*, l'indomani, il giovane muratore a ridarmi il belletto. Nella festa di San Sebastiano e tutte le domeniche prime del mese, arrivava il parroco, o il suo vicario, o almeno un beneficiato per le funzioni che richiamavano tutta la borgata: una dozzina di persone nel mio interno, uno stuolo sulla parvenza di sagrato dove crescevano liberamente, a seconda delle stagioni, viole, nontiscordardime, papaveri, fiordalisi. Erano bei tempi, come mi pare dicano gli uomini riferendosi all'epoca del rispettivo splendore. Tempi belli e pieni di fede anche nel prossimo, mica soltanto verso il Soprannaturale; e c'erano, così mi pare, sentimenti più semplici e di sicuro genuini, esisteva il senso del gioire, la passione di cogliere e vivere bene i momenti felici di un'esistenza intesa come dono del cielo. Vedevo più sicurezza nelle braccia di quei contadini, che in tanti discorsi ricchi di parole ricercate ma non meditate.

Io, modestissimo pilone votivo di campagna, sono stato testimone e protagonista di parecchi episodi della lotta fratricida. Testimone perché molti ragazzi in divisa, giovani, Dio mio come erano giovani, quasi senza barba e prossimi a essere senza vita, molti ragazzi dicevo, entravano da me, si confidavano dando sfogo qualche volta al pianto. Protagonista perché dalla parte proprio dietro l'altare, dove iniziano i filari di viti, tutti nebbioli meno un breve tratto di malvasìa, ho ancora nei mattoni le ferite delle raffiche sparate per orrende fucilazioni. Anche dei civili, degli ostaggi, ho visto ammazzare, e sempre nello stesso posto, all'attacco della vigna: venivano poi a caricare le salme due uomini con un carro trainato da due cavalli più neri del cielo quando da ponente si annuncia la malasorte di una bufera. Furono mesi orribili, che neppure un pilone votivo potrà dimenticare, per quante mai miserie umane esso veda.

Quando la guerra finì, ebbi la sorpresa di sentirmi addosso il pizzicorino di centinaia di lampadine lasciate accese per sette notti di seguito, mentre nei prati di fine aprile l'erba cominciava a farsi curvare compatta dal vento dolce di primavera. L'estate che ne seguì i giovani della collina, trascinando il priore dalla loro parte, mi piazzarono quasi davanti un bel ballo a palchetto, e la gioventù danzò per tre giorni ininterrotti. Misero il manifesto che annunciava la sagra anche contro la mia porta, ci fu chi volle gridare allo scandalo. Eppure, lo confesso, a me faceva bene rivedere ragazzi non più col volto d'angoscia, ma allegri, spensierati, diversi: diversi da come erano durante la guerra, diversi anche da come erano prima.

La festa fu ripetuta ancora un'estate; poi il ballo non lo misero più e io scorgevo sempre meno gente nei filari che s'aggrappavano alle mie mura, e gente sempre più vecchia, senza i rincalzi ai quali ero abituato dalla nascita. Finirono col dimenticarmi un poco. Quando si superò il 1950, il beneficiato prese l'abitudine di salire a dir Messa al mio altare solo nel giorno di San Sebastiano. Poi, trascorso altro tempo, nella stessa ricorrenza dovetti accontentarmi dei mazzi di fiori che pie donne venivano a porre davanti alla porta, sul finestruolo, ornando la grata: perché forse il priore aveva smarrito la chiave, o perché, andandosene, l'aveva lasciata in un tiretto senza passarla in consegna. Voglio illudermi che sia così.

Ho visto ancora belle vendemmie, ho sentito il crepitio della grandine, ma più nessuno è corso ad accendere i rametti di ulivo che si distribuiscono la domenica delle Palme. Ho sentito dire che qualche prete d'oggi ha contestato – è la parola? – questa pratica, questa tradizione, dicendo che si tratta di un risvolto pagano non illuminato dalla fede. A me sembra il contrario, ma che farci? Sono rimasto solo.

Non odo più canti, voci, grida di bimbi. Non c'è

più uno scolaro che, tornando a casa, indugi a cercar lucertole fra i miei mattoni. Meno male, percepisco bene il profumo dell'erba alla menta, del capelvenere; e ho orecchie deste e riconoscenti al confuso borbottio del mendico che, avendo trovato la porta sbarrata, pranza e s'appisola contro lo zoccolo all'esterno delle mie pareti eppure sempre così deliziosamente vicino a me.

# Aspetti dell'antico Piemonte

Nelle Langhe, in provincia di Cuneo, le chiamano masche e molti ne parlano ancora in chiave di attualità e imbandiscono al forestiero, che sia riuscito a rompere la tradizionale diffidenza piemontese, storie poi mica tanto antiche sui prodigi operati da codeste creature ben misteriose che si pongono tra la fattucchiera e la strega, che si indovinano – tanto greve è l'atmosfera del racconto – piuttosto spelacchiate, brutte, cattive, come pochi altri esseri al mondo. Andate a Treiso, a Borgomale, a Bosia, entrate in un'osteria avendo cura di sceglierla con l'insegna appena accennata e lanciate, come suol dirsi, il sasso nel vespaio. Ma lanciatelo con accortezza. Se prendete la situazione di petto, se ponete domande scopertamente indiscrete, se la vostra curiosità si affida più al metodo di Eva che a quello di Sherlock Holmes, avrete fatto un buco nell'acqua. Ai langaroli non piace chi pone troppi interrogativi, chi chiacchiera con il puro gusto dell'indagine: essi preferiscono chi è disposto ad ascoltare dopo che si è impostata nei dovuti modi la questione, chi fa mostra di seguire senza interruzioni l'altrui racconto e dà garanzie di rimanere impassibile; al più dicendo di sì con il capo, ogni tanto, senza mai aprir bocca per indurre l'interlocutore a chiarire un punto controverso.

In questi termini, dopo aver manifestato un onesto

interesse ad apprendere con sottile malizia ciò che molte persone ben ricordano ancora, disponetevi sereni alle altrui confidenze. Allan Poe ed Edgar Wallace si fregherebbero le mani, scuotendosi la polvere dal mantello e accendendo con calma studiata la pipa. Voi potete rinunciare a quest'ultima parte del cerimoniale: siete liberi di rimanere a tavola alternando il coniglio al civet con la robiola, mentre la figlia dell'oste non si stanca di riempirvi il bicchiere di un buon dolcetto, di una freisa frizzante, di una barbera robusta eppur gentile, o magari di un vago Rosalino, vino di cui mi è giunta menzione e di battesimo recente. Non guardate mai l'orologio: più la notte si fa fonda, meglio si scioglie la favella dell'occasionale amico di trattoria.

A me è successa una volta, una esperienza del genere, e la conservo chiara per riviverla alla prima occasione. Era l'autunno inoltrato, e al Cappelletto di Trezzo, una borgata dove ognuno vorrebbe considerarsi di casa perché lassù i seicento metri di altitudine della Langa potrebbero anche essere seimila tanto lontano ti pare il mondo, la sera era scesa in una fuliggine di nebbia poco fastidiosa come sa esserla soltanto quella di certe colline cuneesi. A un lato della strada in terra battuta si intravedeva la luce giallognola di una finestra illuminata dalla corrente elettrica a 125 volts.

«È lì che andiamo», disse chi era con me, e mi introdusse in quello che ben potrebbe definirsi il santuario delle più antiche tradizioni piemontesi, di un folclore che resiste agli anni e ogni anno ritorna anzi rafforzato da nuovi cultori. C'erano due tavole, quattro giocatori di carte – di tressette – per ciascuna tavola, e subito dopo una terza tavola con la tovaglia bianca, le micche di pane solenni come pietre miliari di una cena di molto rispetto, la *bascìla* ovale di maiolica con grandi fette di salame disposte senz'arte, ma proprio perciò, chissà, più appetitose, più invitanti, bene armonizzate con l'estemporaneità di un rito quale la cena sa essere ancora in certe campagne.

I giocatori di carte continuarono le loro partite, ma era manifesto che l'attenzione andava volgendosi a mano a mano verso di noi che, appena arrivati, davamo l'impressione di non avere alcuna fretta di tornare all'aperto. Quando l'oste servì i tagliolini all'uovo, che lassù chiamano più propriamente tagliatelle e basta, perché senza uova non val la pena impastar la farina, a quel punto gli otto avventori diedero di comune accordo forfet, decisero di pagare alla romana le bottiglie che costituivano la posta della loro sfida, e si girarono quasi contemporaneamente dalla nostra parte, osservandoci senza domandare, attendendo che semmai fossimo noi a prendere l'iniziativa di un invito alla conversazione su temi occasionali: un modo accorto, insomma, di soppesare la nostra sensibilità.

Il mio accompagnatore, un maestro di scuola, mi ammonì, urtandomi d'intesa a una caviglia, di non turbare con una sola parola l'atmosfera che evidentemente stava volgendosi tutta a nostro favore. Fu infatti il giocatore più anziano – secco e legnoso negli zigomi disegnati da una pelle ruvida e rude – a rompere il ghiaccio. Si informò donde venissimo, se la nebbia s'era infittita, lasciando intendere che lui e i suoi compagni avevano ormai capito come noi fossimo capitati da quelle parti, a un'ora tarda di una giornata già fredda, per il gusto di chiacchierare amabilmente, nel tepore di un'osteria rara come certe donne: poco appariscente, cioè – specificò – ma dentro piena di calore e, cosa non superflua, di esperienza nell'arte del cucinare bene e dell'offrire meglio.

Quando sulla tavola apparve il fritto misto, ecco finalmente la conversazione avviarsi verso la piega giusta. Uno dei giocatori di carte osservò che certi piatti vanno ormai scomparendo, che i giovani d'oggi sono abituati a cibi leggeri e rifuggono dall'elaborazione di pietanze che furono il vanto della sana cucina piemontese. A quel punto il maestro di scuola lasciò cadere – tagliando con la forchetta una mezza spanna di saporita salsiccia – la prima frase. «Senza fritto misto, senza questa combinazione di una dozzina di parti di maiale cotte in differente maniera – disse – sembrerebbe di cenare in un ristorante di Torino. Invece qui siamo nella Langa e bisogna comportarsi come la Langa richiede».

Questa dichiarazione, resa in tono distratto e priva della minima enfasi, fece spostare tutti assieme i giocatori di carte alla nostra tavola, e vi si aggiunse l'oste che ricordò come a un pranzo di nozze per una coppia di Benevello il fritto misto contasse venticinque ingredienti. Venne facile, quindi, parlare degli anni in cui la gente disponeva di tempo per veglie notturne capaci di durare fino all'alba, nelle quali ognuno aveva tanto materiale di conversazione da esporlo, a volte, a puntate, per tre o quattro sere di seguito. Uno che non aveva ancora parlato, ricordò come a quelle epoche, oltre alle chiacchiere erano certe partite al Diavolo o a Sette e mezzo, o a Bestia, a tenere occupata la notte intera; citò casi di gente che, in poche settimane, si era mangiata tutta la cascina al gioco, tanto era il gusto e l'incoscienza di stabilire poste altissime a ogni prova di abilità in qualsiasi campo.

L'oste cedette per primo. Azzardò che certe sfortune nel gioco non erano affatto sempre casuali, ma provocate dalle fatture di donne vecchie, rugose e maligne – le masche, appunto – che leggendo formule magiche di libri rarissimi e ormai pressoché introvabili, guidavano la fortuna con mano di sortilegio.

L'uomo dalla pelle ruvida annuì, fece con circospezione dei nomi, narrò di un suo amico che, per essere caduto nella malagrazia di una di codeste masche, camminò per una notte intera prima di giungere a casa, e sì che si trovava ormai nell'aia del suo cascinale.

Più le bottiglie si accumulavano sulla tavola, meglio si delineava la fantastica galoppata nel mondo dell'extrasensorio, e ogni commensale zittiva l'altro per raccontare il prodigio di cui era relatore di prima mano. Seppi di gente che cadeva dalla bicicletta sempre nello stesso punto; di cavalli che si imbizzarrivano nella medesima curva dello stradone fino a rovesciare i carri con il relativo carico che trainavano; di poveri indemoniati schiumanti rabbia e parolacce nonostante i più energici e devoti esorcismi del pievano, e che al risveglio non ricordavano assolutamente di essere rimasti per tante ore in balia della fattura. Non affiorò un solo episodio in cui le masche si fossero dedicate a un'opera buona, quasi le guidasse il solo istinto diffuso da un dottor Jeckyll per giunta ubriaco.

«E adesso – domandai – ce ne sono ancora di streghe da queste parti?». Non ottenni risposta sicura, ma sguardi carichi di sottintesi come a dire che certe affermazioni non possono mai essere categoriche.

«E i libri con le formule magiche – insistetti – dove sono finiti?».

Qui fu esplicito l'oste: spiegò che, alla morte delle singole masche, erano pie persone ad interessarsi della cosa, a dare alle fiamme, di volta in volta – ma chi potrebbe dire che ciò sia sempre avvenuto? – gli strumenti di un potere maledetto.

La nebbia era diminuita, c'era la luna quando lasciammo l'osteria; e già qualche gallo cantava. Scendendo verso Trezzo incontrammo solo un paio di cercatori di tartufi, con la lanterna in una mano e il cane al guinzaglio che annusava il terreno. Di masche nemmeno l'ombra, ma non giurerei che qualcuna non ci spiasse da imponderabili vicinanze. L'importante per noi, tutto sommato, fu che non ci dettero il minimo fastidio, neppure dove il sentiero disegnava una serpentina lugubre – il Passau la chiamano – fatta apposta per trabocchetti maligni o suggestioni stucchevoli o romantici appuntamenti con il passato e il futuro.

# Il prozio Giovanni

Finalmente ho capito da dove il mio prozio Giovanni prendeva ispirazione per le storie che egli raccontava nelle veglie invernali, c'era la guerra e io ero uno scolaro di prima elementare. La prendeva, l'ispirazione, da Luigi Pietracqua, anche se poi proseguiva autonomamente ingarbugliando ancora di più le vicende, intorbidandole nel surreale, attualizzandole per coinvolgere meglio il fitto uditorio contadino che tanto più credeva al fantastico quanto più il fantastico diventava inverosimile.

E alla maniera di Pietracqua, il quale, secondo le consolidate abitudini dei romanzieri popolari, sul più bello di un fatto lì lo molla per passare ad un altro ugualmente affascinante, sicché il rammarico delle interruzioni subito è assorbito dall'interesse delle nuove introduzioni, a quella maniera, appunto, il mio prozio faceva il novellatore di cascina, distribuendo in accorte puntate la sua disposizione a variegatissimi intrecci di un'interminabile trama. Se poi la memoria non m'inganna, al confronto i serial televisivi diventano la quintessenza della linearità nonostante la sceneggiatura multimani. Infatti il mio prozio elaborava i suoi ginepri narrativi tutto da solo e ogni atto si protraeva per l'intera veglia, vale a dire dalle due alle tre ore, roba che nemmeno i predicatori delle Missioni si sarebbero sognati di disporne: e sì che il loro allenamento nello stupire i fedeli non era da poco.

Posso dire, con cognizione e non per civetteria, che io ho letto tutto il Pietracqua: in un piemontese facile facile a cui il mio amico Camillo Brero farà probabilmente la punta, ma si sa anche che i grammatici, i puristi, difendono la lingua qual è e sono nel giusto, mentre Pietracqua badava a essere capito da tutti. E io devo felicitarmi con l'editore Viglongo per il rimarchevole fatto che mai mi sono trattenuto su un termine, su una frase, su in periodo, leggendo sciolto e, come per incanto, un piemontese di bel suono anche per i langhetti.

Del resto non erano puristi nemmeno i predicatori delle Missioni. Metti che, nella mia adolescenza, due padri Domenicani o del Carmelo i quali viaggiavano sempre in coppia per esigenza di dialogo sui due pulpiti contrapposti, giungessero a Neive dalle Valli di Susa o da San Germano Vercellese: abituati al loro dialetto, dovevano fonderlo in una lingua regionale la più omogenea possibile, e tuttavia riuscivano gradevoli proprio perché rendevano comprensibile un gergo strettamente foresto. Se essi si fossero espressi solo in torinese, sarebbero parsi dei dotti, quasi degli snobbatori. Andando invece alla ricerca di un esperanto fra i gerghi, davano un tocco di attrazione al loro edificante ragionare.

E so che cosa direbbe, in proposito, Luigi Pietracqua: a proposito dei predicatori, non del dialetto. Ma io mica sono qui in veste di esegeta, e poi perché dovrei entrare in dissidio con il ricordo di due preti campagnoli che predicavano in piemontese, e senza enfasi dicevano delle cose linearmente assennate? I preti di Pietracqua sono alti, grossi, ben pasciuti e ricchi, mentre i due a cui io mi riferisco erano bassi, esili, sempre appetenti del minimo indispensabile e perciò così poveri che le loro talari sembravano stampate negli ultimi gradini della scala dell'iride.

Pur poveri entrambi, uno sembrava soffrire questo stato d'indigenza, come se non si confacesse alla dignità dell'uomo consacrato; l'altro ne gioiva, nella convinzione che non diversamente debba essere un uomo di Dio.

Il primo, quando invitava alla generosità nell'obolo domenicale, la finalizzava a propositi terreni pensando anche un poco a se stesso. Il secondo la distraeva dal contingente per indirizzarla tutta alla salvezza sollecita delle anime del Purgatorio e magari anch'egli pensava un poco a se stesso, essendo testimone delle sofferenze che le condizioni compromissorie procurano in ogni tempo.

Io servivo Messa ad entrambi, nel modo più disinteressato. Infatti mi compensavano con un nichelino, mentre sapevo che l'arciprete e un canonico onorario, evidentemente bene equipaggiati di denaro, davano anche una lira per queste prestazioni. Eppure l'arciprete e il canonico facevano sentire l'accolitato come un atto imposto, mentre i due poveri preti senza insegne rendevano gioioso il servizio alla Mensa. Se, ad esempio, mi distraevo nel momento in cui mi sarebbe toccato trasferire il Messale rispetto all'Introibo, o se tardavo a suonare il campanello nell'approssimarsi dell'Elevazione, essi si voltavano a me, inginocchiato sui gradini: «*Aspeta ancora 'n poch, aspeta!*» mi dicevano ironicamente «*Cosa t'aspeti, che la Messa a sia finìa?*».

E io ridendo, in quanto talora lo avevo fatto apposta, rincorrevo il ritardo, intanto che essi, con straordinaria naturalezza e disinvoltura, intercalavano un «*sacucin, che temp*» nel bel mezzo del latino di un Oremus. E di sicuro l'Altissimo se ne compiaceva.

Ma per tornare al prozio Giovanni, la cui figura si è pennellata in qualche personaggio di alcuni miei romanzi, egli era abilissimo nei lunghi prologhi dei suoi racconti. Incominciava con varie annotazioni sui tempi bui che si stavano vivendo, su altri ancora più bui che si stavano preparando, e a quel punto non si sapeva se, a intimorire, fossero le epoche venture o i remoti trascorsi. Per alleggerire l'orrido egli amava ricorrere al faceto con note maliziose. Manco a dubitarne Letizia, che da giovane aveva battuto una disinvolta cavallina, ma, fattasi vecchia, s'era ormai dovuta contentare di una giumenta, da non battere affatto sennò si sarebbe infartata, dunque Letizia, secondo la sorte di tutte le pentite e di tutte le confesse, alzava l'indice verso il soffitto della cucina e ammoniva: «Giovanni, niente cose grasse, mi raccomando. Ci sono più donne che uomini qui attorno e non sta bene farle arrossire».

Il prozio sapeva benissimo che l'unico rossore di cui esse fossero capaci era quello prodotto dalla Marsala bevuta di nascosto, e tuttavia fingeva di raccogliere l'invito: «Niente del tutto, Letizia. Siete voi, però, a cercare il doppio senso delle cose che dico»: e, tanto, avrebbe narrato nel modo che gli aggradava. E più guardavo Letizia, più io mi convincevo poi che tra i due c'era stato del tenero, molto tenero, perché il prozio con i suoi settantacinque anni era celibe. So bene come questa non sia condizione indispensabile per amoreggiare, comunque essa giustifica meglio le profferte ardite, gli inseguimenti metodici, gli assedi idonei alle onorevoli capitolazioni.

Numerosi erano i convenuti alla veglia. Di ogni età. Spose che a me sembravano stagionate e dovevano essere una via di mezzo tra il vino novello e il gallo di primo canto; matriarche e patriarchi loro sì biblici e non solo d'aspetto; adolescenti e ragazzini informati di tutto, e poi dicono che l'infanzia allora era ingenua. Certo, lo era. Lo era fino a che non scavalcava gli adulti, quanto meno con la fantasia. Mancavano invece i giovani uomini, chi in guerra, chi accorso sotto le bandiere dei partigiani, chi perennemente alla macchia in luoghi lontani o magari soltanto imboscatosi in loculi scavati nella terra, oltre il muro della cantina.

Nessuna luce doveva filtrare dalle finestre, tutte guarnite d'ante di legno e i più scrupolosi ne schermavano persino gli interstizi, caso mai a qualche balordo di aviatore fosse preso l'estro di mitragliare contro un qualunque chiaro pur se in piena campagna. Quindici persone, venti persone, a volte di più, dipendeva dall'abilità del novellatore e prozio, posso garantirlo, in qualunque cascina si conducesse, lì faceva il pieno. E quando lui attaccava si sentivano soltanto più i respiri.

A differenza di Pietracqua, che nei suoi libri prende spunto dall'attendibile e lì si mantiene, il prozio partiva a sua volta dalle verosimiglianze, poi vi mescolava il soprannaturale: apparizioni, reincarnazioni, trasfigurazioni. E mentre tutto questo si compiva, sembrava di sentir battere in funesti avelli. Se si fossero auscultati tanti cuori, era in gola che si sarebbero percepiti i tumultuosi palpiti. In questi racconti si intrufolavano anche le masche. Ma il prozio gli dava un'assoluta naturalezza, anche perché era stato abile nel rendere gradualmente attendibile ogni passaggio tra i vari episodi: così se la masca si trasformava in un moscone capace d'infiltrarsi sotto le fessure degli usci, tutti tenevano d'occhio le fessure e a ogni spiffero di corrente gemevano come se un'aura misteriosa li raggiungesse rendendoli inerti.

Nei momenti più delicati, la voce del novellatore calava di tono indugiando sui toni bassi, e poi ancora più bassi, costringendo le donne a farsi il segno della croce. Poi di colpo s'inaspriva roboante, infiocchettando una serie di gridolini terrorizzati: ma ci voleva un po' perché la tensione si allentasse. Era questo il momento in cui il prozio diceva: «Bene. E adesso datemi da bagnarmi il gargarozzo, sennò mi rinsecco», invogliando più mani ad allungargli il bottiglione della barbera o della bonarda.

Con tali gesti ognuno tornava brevemente nella contemporaneità e, guardandosi attorno, poteva felicitarsi d'essere vivo, in salute. Facendosi beffe, perciò, dell'oscurantismo richiamato dal prozio nel suo prologo.

Letizia, ora lo so, era fiera dei successi di Giovanni. Senza darlo troppo a vedere passava in rivista ciascuna fisionomia e su quelle più stupefatte o dove i gridolini d'angoscia erano stati più fitti, indugiava, come a dire: «Avete sentito eh? Ma il bello deve ancora venire. Non so se Giovanni continuerà stasera o se deciderà di rinviare a domani. Se rinvia, non perdete l'appuntamento perché lui non si ripete mai».

Invece accadeva, ma anche Pietracqua non ne è immune, che in qualche ripetizione il prozio incappasse: e poteva darsi che una voce lo facesse notare, non quale addebito, ma per avere meglio chiaro un concetto nel garbuglio delle vicende. E che cosa credete, che il prozio se ne adontasse o si smarrisse? Non sarebbe stato il più grande novellatore delle colline se lo avessero intrappolato queste quisquilie.

Con la disinvoltura di un uomo politico nostrano, cioè di casa nostra e dei nostri tempi, egli non rispondeva a tono, ma di tanto ampliava o spostava o deformava l'episodio incriminato, da far pentire l'incauto per aver formulato la domanda. E così, di sera in sera, ci si lasciava alle spalle il giorno dei Santi, poi quello dei Morti, quindi Sant'Ernesto e San Martino e poi Santa Cecilia e Santa Caterina e la prima domenica d'avvento, l'intero mese di novembre che per la campagna d'allora era il più lungo, il più triste, una sorta di prova del fuoco per i vecchi.

Poi passava Santa Bibiana con il suo proverbio, San Nicola, Sant'Ambrogio, la Madonna di Loreto, Santa Lucia e l'Immacolata. Fino a che Santa Vittoria e Sant'Adele, alla vigilia della Natività, già mettevano voglia di scendere nella vigna a studiare la prossima potatura, nonostante i filari fossero sepolti dalla neve.

E giungeva l'anno nuovo, la Befana, la Strenna, Sant'Aldo, Sant'Antonio, San Mario, San Sebastiano e Sant'Agnese: data, quest'ultima, in cui l'inverno poteva considerarsi prossimo a finire perché le giornate si erano allungate, la neve si stava sciogliendo a ponente e la potatura bisognava eseguirla davvero, ben riparati da spessi corpetti di lana ricavati dal riciclaggio della lana di combineuse già a loro volta e a suo tempo rigenerate.

Con il canto dei primi stornelli non si aveva più paura di nulla, anche il novellatore andava in pensione. E infatti prozio Giovanni se ne andò che il calendario marcava San Giuseppe e il mandorlo dietro casa sua era in fiore.

# Un secolo di pallone elastico

Si fa riferimento a De Amicis ogni volta in cui si vuole trattare un po' di storia del pallone elastico: perché lo scrittore ligure ma di residenza piemontese se ne dimostrò più volte un appassionato, un intenditore, un amico nel giusto senso campanilistico che appunto il pallone suscita al solo farne cenno.

Che si tratti di uno sport sarà forse noto a tutti: sia per la sfericità implicita nel mezzo del contendere, sia perché mantiene, pur con la costante qualificazione di *elastico*, la terminologia in uso per molto tempo, a livello familiare, per indicare il foot-ball prima, il calcio adesso. Di quest'ultimo non conosce la popolarità né la diffusione: però sul medesimo vanta una sorta di primogenitura, risultando il più antico fra gli sport italiani che si avvalgono di una precisa organizzazione. Ha compiuto cento anni nel corso del 1970 che ne ha visto la celebrazione, come si conviene per chi, giunto al traguardo del secolo di vita, mobilita personaggi a rendere una sorta di onore al merito della longevità, con una tessitura di messaggi augurali, di esaltazioni virtuose, sull'onda rievocativa di un tempo così lungo e così diverso nei suoi aspetti salienti.

Il Piemonte e la Liguria, con qualche sprazzo lombardo e veneto, sono le regioni di maggior pratica del pallone a pugni (come anche lo si definisce, per le regole che ne consentono lanci e rilanci esclusivamente con le mani: se esso tocca ogni diversa parte del corpo, specie i piedi, si incorre nella falla, con attribuzione di un quindici all'avversario): una sorta di tennis, per sintetizzare sommariamente le modalità della gara, ove il numero dei giochi da conseguire è di norma undici, e per la cui conquista due quadriglie di giocatori si danno aspra battaglia per molte ore. Alcune partite, è successo, iniziate nel primo pomeriggio, hanno dovuto essere sospese a causa dell'oscurità per il protrarsi della lotta. Ciascuna quadriglia è composta dal capitano con compito di battitore, da una spalla, ruolo prestigioso specie per la responsabilità del rilancio a volo del pallone, e di due terzini che stanno in agguato a metà campo e il cui incarico è di arrestare la corsa della sfera di gomma oppure, se riesce, di rispedirla nel punto più lontano del terreno di gioco avversario.

Le partite si disputano negli sferisteri, che sono i campi di gara classici e nei quali si svolgono i vari campionati suddivisi in più categorie. La prima di queste è logicamente la maggiore; essa qualifica appunto il campione con l'attribuire il titolo nazionale, finora nelle mani di Felice Bertola. Ma siccome la costruzione e l'attrezzatura di uno sferisterio costano parecchio, superando le possibilità di tanti piccoli centri anche di solida tradizione pallonistica, succede che in moltissimi paesi di pianura e di collina si faccia ricorso alla piazza principale, assai poco omogenea nelle strutture architettoniche (tanto che per adeguarla a compatibile rettangolo di gioco occorre dispiegarvi un vasto quanto elementare armamentario di lizze, cioè di confini, tracciati con la calce sul suolo), entro cui si svolge la partita. Ed è su questi campetti che si sono formati i massimi protagonisti di uno sport gagliardo ed entusiasmante: Manzo, Balestra, Gioetti, Bonino, Rossi, Ricca, Donetti, Dellavalle, Feliciano, Berruti, per citare alcuni nomi fra i più prestigiosi; e così Ascheri, l'eterno secondo, un ragazzo dal fisico scattante, morto a 28 anni quando si preparava a dare la scalata al titolo «per essere campione finito almeno una volta», come egli stesso ripeteva.

Ed è sugli stessi campi che si allenano le speranze, gli atleti di domani, ragazzetti di dodici, quattordici anni, figli d'arte qualcuno, altri ambiziosi nella potenza dei muscoli e spinti per ciò a tentare la scalata – fascino dei giovani campioni e delle vecchie glorie – a una popolarità che è sempre stata di manica larga nel concedere soddisfazioni morali, assai meno in chiave di contropartita economica. Perché se oggi sono finiti i tempi, anche per il pallone elastico, delle sfide all'ultimo pugno tra alfiere e alfiere di un campanile, o di una tecnica di lancio, o di un segreto nel rilancio della sfera – gare che avevano in palio uno stendardo di seta più prezioso di qualsiasi trofeo e che si svolgevano magari nei cortili di poco respiro di vecchie osterie campestri (queste ancora fedeli a se stesse specie nelle Langhe) –; se pure, dicevo, sono finiti quei tempi in cui il perfezionismo e il puntiglio si identificavano ancora nel pionierismo culminante in scommesse brucianti che facevano parlare centinaia di contrade, è altresì vero che un buon giocatore di pallone elastico è lontano dal raggiungere, sul mercato sportivo, le quotazioni dei celebrati campioni del calcio, del ciclismo, di altre attività agonistiche a seguito più largo.

Sport povero, dunque, questo pallone a pugni che affascina tuttavia migliaia di appassionati e che nelle sue manifestazioni per certi versi più genuine costituisce il cardine di ogni sagra o rassegna fieristica paesana, di quelle, per intenderci, che offrirono spunti di un realismo esemplare a scrittori come Pavese e Fenoglio. Percorrendo d'estate le colline albesi, non è raro, ancora in questi anni, vedere ruspe e bulldozers al lavoro per spianare dossi o brevi cocuzzoli dove, in occasione della festa patronale, è in calendario appunto una partita al pallone, o magari un torneo dotato di medaglie d'oro da quaranta millimetri. Passata la festa, sul terreno indurito della gara affonderà l'aratro preparando solchi per la semina del grano e dell'erba medica fino all'anno dopo, quando un'altra ruspa vi riporterà le caratteristiche per la nuova sfida, forse per un'antica rivincita.

Sport povero, questo pallone elastico, anche nello spazio che quotidiani e rotocalchi gli dedicano pur nelle fasi ultime del campionato maggiore che si conclude sempre quando le brume dell'autunno scendono precoci a far maturare i tartufi nel fondovalle donde, da un casale sperduto fra le vigne, può salire un futuro asso di cui parleranno i settimanali di circondario, sicuramente la *Gazzetta d'Alba*. Povero ma niente affatto rassegnato a non tentare ancora una scalata a livelli diffusionali che valichino i confini delle regioni ove oggi è praticato, fino a raggiungere zone in cui il medesimo sport ha altri nomi, in parte altre origini, e forse sono zone disponibili per aperture cordiali. Povero eppure anticipatore bonario di una vaghissima contestazione scolastica quando questa si limitava a promuovere ogni anno sfide clamorose fra professori e studenti del liceo, dell'enologica, delle magistrali, nello sferisterio albese *Mermet*, offrendo ai ragazzi il mezzo di imporre la forza vittoriosa dell'età e dell'allenamento in una disciplina sportiva rigorosa.

Dire pallone elastico vuol dire Piemonte, Liguria e sprazzi di lombardo-veneto, vuol dire estrazione tutta agricola di un agonismo dalle profonde radici appunto rurali. Ma siccome l'industrializzazione, con i suoi ritmi e la sua dinamica, non ha scalfito la vitalità di questo sport nei gusti dei suoi seguaci e nella lucidità dei suoi protagonisti, il secolo di vita che il deamicisiano gioco della palla ha compiuto, potrebbe essere occasione favorevole per continuare a parlarne come merita, sì: ma anche per vivacizzarlo, per farlo conoscere di più. Come ne avrebbe diritto, come è dovere dei suoi responsabili.

# La natura che non amiamo

La fretta ci condiziona un po' tutti, ci rende nervosi e qualche volta irascibili, soprattutto toglie calore ai rapporti fra uomo e uomo e ancor più fra l'individuo e la natura che lo circonda. Quando la bella stagione conduce, specie chi ha trascorso il lungo inverno in città, alla riscoperta di una vita ogni anno rinnovantesi nel rifiorire degli alberi e dei prati; quando il sole già tiepido sollecita la programmazione di week-end con mete di coraggioso respiro, lungi dalla sovraffollata cerchia urbana, alla ricerca di oasi quiete o almeno di luoghi ove la libertà di movimento non trovi ostacoli e barriere e intoppi continui (come avviene invece dove il traffico si congestiona quotidianamente, prezzo di una civiltà tecnologica così avanzata), non sarebbe inutile dedicare un poco del nostro tempo libero a riflessioni da cui appunto la fretta ci distoglie con sistematico e freddo comando.

Intendo la necessità di considerarci non soltanto soggetti egoistici di diritti, esseri impegnati a imporre una personalità prevalentemente utilitaristica che per ciò stesso provoca attriti inevitabili con l'analogo interesse dei nostri simili: ma di riconoscerci componenti di un sistema in cui molti sono i valori da difendere e ai quali attingere, alla ricerca dei mezzi per sentirci sereni. Il che rappresenterebbe il primo passo verso quella felicità che ciascuno insegue a modo suo, risultando però sempre imperfetta tanto da far dubitare sul dove e sul come essa si perfezioni, si completi.

Un sabato pomeriggio, una domenica mattina qualsiasi: le grandi arterie che portano in campagna, al mare, si trasformano in un lento carosello di automobili. Ogni vettura una famiglia, una coppia, un gruppetto di amici e ciascuno col suo bagaglio di buone intenzioni: ci si è preparati con determinata coscienza a un viaggio le cui finalità si riassumono nella diversione dal modello quotidiano di vita; un tuffo quindi, parrebbe, nella spensieratezza, un abbandono al riposo che potrebbe già essere divertimento nella misura in cui si resta fedeli al principio di agire, nel dì di festa, in maniera che festa sia davvero: per lo spirito in specie, che finisce per essere il massimo regolatore del comportamento esteriore.

Ma ecco un altrui sorpasso avventato, una frenata brusca, un suono di clacson petulante e insistito, cancellano con un colpo solo di spugna l'ampio orizzonte ideale sul cui sfondo avevamo costruito la nostra immagine nuova, distruggono l'evidentemente esile equilibrio fra intenzioni e concretezza, sostituiscono l'uno e l'altro con l'arrogante effigie di noi stessi quali siamo durante la settimana lavorativa. Riaffiora così quella sorta di morbo che ci vuole emuli anche nelle azioni scorrette, protagonisti inabili e quindi malinconicamente buffi per aver ingarbugliato le battute della parte di nostra stretta competenza. Per forza, dopo, non ci si raccapezza più, e la breve vacanza finisce prima ancora di essere iniziata. Ritornano le preoccupazioni che si era voluto chiudere in casa, ci si sente stretti dagli spettri di tutto ciò che si voleva abbandonare almeno per poche ore, soffocati dall'ansia di rituffare il cervello nel ritmo donde ci eravamo illusi di uscire. Proprio perché gli spettri incutono più paura della loro identificazione in problemi reali e sensibili che hanno il vantaggio di essere definiti, con netti contorni, con una figura vera capace di costituire l'oggetto del nostro combattere.

Ma a questo punto, oltre allo scopo del viaggio, abbiamo già dimenticato quale avrebbe potuto essere l'incontro con la meta della gita, con gli aspetti della natura che in città ci sfuggono perché si direbbe non ci appartengano più. Così il mare ci sembra meno azzurro di come lo ricordavamo, i prati meno verdi, le greggi di minor spicco sulla macchia uniforme del pascolo. E i rami fioriti degli alberi ci rammentano appena di passare dal fioraio, l'indomani, per un gran mazzo di fiori di serra.

La fretta di veder risolta la questione che il giorno dopo ci attende, allunga un velo grigio sulle rondini tornate da poco agli antichi nidi, ovatta i monologhi perenni dei freschi ruscelli che scendono a bagnare i boccioli delle mimose e i petali delle primule. È primavera? Primavera sia, ma ben può evolversi senza che noi la rimiriamo: altri affari urgono, e più importanti, ci diciamo, della vista rara di uno scoiattolo che per caso attraversa lesto il sentiero. Ma era poi uno scoiattolo, o non piuttosto un topo campagnolo, o un tasso? Poteva essere magari una donnola, tutti animali che ci sembra di aver visto effigiati in certi libri di scuola, forse anche allo zoo. Oppure qualcuno ce ne aveva parlato. O non si tratta soltanto di incerti animatori di favole non più buone per il mondo d'oggi, di esseri inesistenti come l'orco e la strega, come i folletti e le ninfe delle fonti romite? Ecco, hanno la strana figura di quella nuvola che si contorce spinta dal vento e ora pare un levriero in piena corsa, ora un abete d'alta montagna.

Intanto s'affretta l'ora del rientro; di nuovo fra una brusca frenata e un colpo improvviso di sterzo, affiora alla mente l'abete, come parola che i dizionari registrano e che come albero ci accorgiamo d'improvviso di non ricordare troppo bene: è più simile al pino, o forse al faggio, al larice, o non sarà un curioso incrocio con la quercia? A casa abbiamo un'enciclopedia aggiornata, verificheremo: se ci sarà tempo.

Non è paradosso, piuttosto un limite, ma al quale si tende con sempre maggior disposizione, pur avvertendo nell'intimo una nota di rincrescimento: abbiniamo la natura, la sua conoscenza diretta, i rapporti fra flora, fauna e ogni altro essere vivente, ai ricordi di un'infanzia, di un'adolescenza lontane. Accettiamo la nebbia che ci separa da cognizioni e da esperienze fatte con tutto ciò che non sia asfalto e cemento, come il prodotto di nuove responsabilità che ci esiliano in oasi di aridità dove gli alveari umani soffocano i residui d'un mondo considerato astratto o la cui riscoperta non offre interesse né vantaggi. Tutt'al più saranno i gerani al poggiolo, o gli alberelli sempreverdi che il giardiniere ci ha sistemato sul terrazzo, o gli uccelletti (chissà se sono esotici: sarebbero preferibili al semplice canarino, al comune verdone) che l'ornitologo ci ha recapitato gabbia compresa, a ricordarci quella natura dove ancora la fretta ci impedisce di approdare in qualche modo. Però la fretta è stata sempre consigliera pessima. Ed è appunto procedendo rapidi in un senso solo che abbiamo finito per compromettere gravemente la sopravvivenza di quanto abbiamo trascurato, ritorcendo a nostra offesa le offese che l'incuria umana ha arrecato all'armonia naturale nel suo insieme.

Così siamo costretti a prendere coscienza sbigottita di quanto non avrebbe dovuto giungere a un tale grado di decadimento da sollevare stupore e allarme, se solo avessimo riflettuto come le leggi che governano il mondo siano tali da piegarsi al volere dell'uomo entro limiti onesti, oltre i quali è l'uomo stesso a patire il danno che la sua ignavia, o peggio il suo egoismo, ha portato al mirabile equilibrio biologico della terra. Oggi ci si è resi conto che, a furia di forzare la mano alla natura, di farle violenza, questa ha perduto molte delle sue possibilità autorigenerative: e dei gravi mali che la stessa soffre, qualcuno può essere curato e guarito, altri conoscono purtroppo un andamento pressoché irreversibile.

Gli inquinamenti dell'aria e dell'acqua, la distruzione di centinaia di specie animali, la degradazione del suolo, sono alcuni aspetti di maggior peso sulla bilancia che sta pendendo sempre di più verso l'uomo, contro l'uomo, come un atto di accusa di cui ognuno è chiamato a rispondere. Occorrono leggi e regolamentazioni precise e drastiche per salvare quanto deve essere conservato, per il benessere di tutti, con riferimento all'attuale situazione ecologica e al di là dei puri aspetti estetici che tuttavia, nell'insieme del paesaggio, hanno il loro rilievo indiscutibile.

Ma occorre anche che ciascuno di noi divenga

cosciente della vastità del problema: e potrebbe cominciare domenica prossima, oggi stesso, concedendo un po' più di attenzione a quello scoiattolo, a quel pascolo, a quel faggio, a quel lembo di mare, a quel ramo di fiume, che la natura ci ha dato perché lo ammiriamo e soprattutto perché, conoscendone sempre meglio le funzioni e le finalità, diventi nostro amico vero, parte del mondo al quale apparteniamo. Potrebbe così succedere che i nostri figli, nell'età in cui distinguono una marca d'auto da un'altra, non ci domandino più se è proprio vero che sono le mucche a produrre il latte, o non piuttosto la Centrale che lo mette in variopinte piramidi di cartone.

# Perché un parco delle Langhe

Ho sentito di una proposta, non so se idea o già qualcosa di più, per suddividere le Langhe in tre fasce a seconda dell'altitudine delle meravigliose colline piemontesi: in basso la zona agricola in senso multiforme; al centro il santuario delle uve da vino (barolo, barbaresco, dolcetto, freisa, barbera, moscato); in alto, dove la coltura cede agli abeti, ai faggi, ad altra vegetazione boschiva, un parco per la tutela e la conservazione della ricca flora locale.

Ora, mentre mi sembra che i primi due comprensori rispecchino una situazione di fatto assai antica, corrispondendo a quanto il buon senso rurale ha intuito da sempre, e che per ciò stesso debbano essere bene delineati proprio al fine di sopperire, con misure idonee, al continuo esodo dalla campagna di gagliarde stirpi agricole, direi che alcuni dubbi ben possono sussistere a proposito non certo della destinazione, ma della denominazione per la terza zona, quella che presenta caratteristiche pressoché montane.

L'immagine di un Parco delle Langhe (o dell'Alta Langa) richiama subito, a me almeno, un che di surgelato, di freddo, di immobile, suscita sensazioni malinconiche come tutto ciò che, nato per essere libero, estroverso, vivace, debba per sventura venire rinchiuso in gabbia a vivere in condizioni di sicurezza, forse anche di benessere, ma con l'animo spento, trasformato, senza un briciolo di calore e di comunicativa. Siamo tutti d'accordo sulla necessità inderogabile di porre un freno energico agli insulti portati alla natura sotto varie forme e un po' ovunque; e ognuno sa che, per salvare dalla distruzione completa specie determinate di piante e di animali, occorre costituire delle oasi, delle riserve in cui si rinnovi e si ricomponga un equilibrio ormai compromesso. Ma che per far ciò si debba seppellire la vocazione di fondo delle Langhe, quella cioè eminentemente turistica, è per lo meno opinabile.

Nessun dubbio che sulla carta non esistano antitesi fra una forma civile di vincolo protettivo e il libero flusso di forestieri alla ricerca di emozioni estetiche e gastronomiche; e probabilmente non si riscontrerebbero neppure nella pratica se ci si limitasse alla difesa rigorosa della flora, della natura come ambiente, con l'intento di insediarvi poi, magari, una fauna caratteristica contro la quale nemmeno Sant'Uberto possa sparare un solo colpo di fucile. Ma definire Parco, ed erigere a Parco le belle colline di collettiva memoria, parco nazionale per giunta come qualcun altro vorrebbe, significa prendere a schiaffi la donna amata (la terra è cosa viva e sensibile) con la scusa di fare il suo interesse. Perché la gente che oggi va a Bossolasco, a Monforte, a Murazzano, a Diano, a Feisoglio, a Cossano, a Niella, a Serralunga, a Mombarcaro, alla Rocchetta, a Treiso, in cerca di una cucina genuina che lassù mantiene punte alte, alla scoperta di squarci panoramici di suggestione rara; i villeggianti che, fuggendo la città, scelgono quei luoghi di una pace e di una quiete senza confini (e sono presenze in continuo aumento), non so fino a che punto porrebbero ancora le loro mete in un Parco nazionale o naturale a seconda di come lo si vuole istituire.

E pur prescindendo dall'una e dall'altra qualificazione, per un innamorato della buona terra, dell'aria frizzante, del cibo rustico, il termine Parco diventa emblematico di una sorta di recinto dove ogni istinto deve essere sacrificato alla razionalità superlucida, assurge a simbolo di repressione degli slanci quali invece proprio la natura risveglia. Se si potesse fare un paragone immediatamente visivo, direi che un Parco delle Langhe sta alle Langhe come una casa di cura sta al più sano degli individui. A scanso di equivoci, sarà opportuno precisare subito che le colline magiche della provincia di Cuneo sono oggi un caposaldo verde al servizio del Piemonte, della Liguria, della Lombardia, regioni che forniscono il maggior numero di ospiti stagionali e di passaggio, e proprio per tale loro caratteristica devono essere tutelate in maniera conveniente, con il pieno rispetto delle regole a presidio della natura, contro l'indiscriminata aggressione del cemento.

Ma per fortuna questa zona è ancora lontana da simili forme speculative, o peggio dal cattivo gusto di contrasti edilizi rabbrividenti. Casi ve ne sono, ma rari e dovuti, ritengo, più alla sprovvedutezza singola che al piacere autentico dello sbalordire a tutti i costi. Parallelamente, lo spopolamento ha creato, nella parte montana del territorio, sopra i 600 metri, problemi di vario genere fra i quali emerge quello connesso alla difesa del suolo che muore perché non c'è più l'uomo a curarlo, a mantenerlo vitale e fertile; e proprio il rimboschimento potrà contribuire in maniera determinante alla conservazione e all'integrità dei costoni anche più erti, degli strapiombi anche più verticali.

Fino a una ventina d'anni addietro, le Langhe, pure nella parte più elevata, erano sede di aziende agricole minuscole, due o tre ettari di terra costituivano una discreta provvista per la casa colonica ove viveva una famiglia di cinque, sei, otto persone. E non c'era zolla di tufo in cui non si cercasse di far germogliare qualche spiga di grano o di rendere pallidamente fruttifera qualche vite. Pane e vino assicurati: le esigenze restavano modeste, si accettava la buona e la cattiva sorte come provvidenza o malasorte. Ed era fresco il ricordo della gran lotta combattuta che aveva mobilitato tutti in un travaglio sofferto, dalla partecipazione mica sempre unilaterale.

Poi le cose sono cambiate in fretta. Sono stati per primi i giovani, come ovunque del resto, a scoprire i vantaggi dell'esistenza e del lavoro in città, vantaggi che parevano – a chi si apprestava a partire verso Torino o verso Genova ricche di ciminiere – enormemente superiori al sacrificio di una vita libera, a contatto continuo e diretto con la natura.

Chi aveva quarant'anni ci pensava due volte prima di compiere il gran salto (abbandonare il podere e salire sulla prima corriera per un'avventura che oggi – e son passati pochi lustri – fa forse sorridere nella sua portata). C'è chi è rimasto, ma solo per vedere, a sua volta, trascorsa una generazione, i propri figli prendere la via del piano. E tra quanti contano più di sessant'anni, qualcuno si è rassegnato ad accettare ospitalità nei casermoni cittadini che aveva sempre considerato con freddo distacco; altri, si sono ostinati a restare soli nelle grandi stanze, vicino alla grande stalla ormai semivuota, tra i ricordi di quello che fu un cascinale di magre risorse ma vivo di energie e di progetti di ammulinati. Non hanno più voglia né forza di accudire a una terra avara, e si limitano a coltivarne una fetta, giusto l'indispensabile per camparci fin quando sarà. Il resto va a gerbido, intristisce, si consuma, frana: è lì che il rimboschimento ha una funzione determinante, fondamentale, di marca economica e turistica a un tempo. Appena appena più in basso, le Langhe sono un onesto esempio di agricoltura valida le cui punte di diamante si intingono nei vini più celebri d'Italia, sposi fortunati di una fortunata e ovunque eccellente cucina.

Per questo la corrente turistica le ha scoperte; ma anche per questo vorrei poter continuare a chiamarle Langhe e non parco, pur ripetendo la necessità di regolamentarne l'avvenire affinché una natura tanto suggestiva non abbia a soffrire nei suoi aspetti estetici. Piuttosto si costituisca un ente – ne faccio appena una questione di nomi – dal respiro ampio che curi il buon esito delle finalità accennate, che coordini sagre, rassegne, manifestazioni fieristiche della zona, ininterrotte come sono da San Giuseppe a San Michele; e che, se avesse tempo e voglia, si renderebbe due volte benemerito salvando tradizioni e folclore qui così accentuati, vivi, freschi nel loro sapore di antico, ma ormai avviati sul sentiero della dimenticanza.

# Il filosofo Pietro Chiodi

Maestro dell'esistenzialismo, studioso e interprete attentissimo del pensiero di Heidegger, ordinario di Filosofia della Storia nell'Università di Torino, Pietro Chiodi se ne è andato da questo mondo, nella pienezza di un vigore intellettuale che fu precocissimo, misurato, acuto. A 55 anni un uomo è un ragazzo, quando matura esperienze originali, quando guida intuizioni vivaci, quando l'entusiasmo dello scrupolo lo spinge a una ricerca inesauribile dei fini ultimi per una degna esistenza.

Eppure la vita può interrompersi dopo un tragitto ancor breve, può spezzarsi anche su un'artrite reumatica, può finire appunto su un male chiaro e di origine lontana contratto in un campo di prigionia nazista. Così è stato per Pietro Chiodi: ed io che l'ho avuto professore, lo ricordo qui come uomo, come amico, come sensibile protagonista in una cittadina di provincia degli anni Cinquanta, come educatore ineguagliabile di larghe schiere di giovani langhigiani passati sui banchi del Liceo «Govone» di Alba: dove per un ventennio egli insegnò con metodo, serenità, dirittura esemplari.

Il Liceo-Ginnasio «Govone» ha sede in un austero e ritengo antico edificio, in una via breve e piuttosto severa alle cui estremità si trovano il seminario diocesano e un palazzotto grigio. Nel palazzotto grigio c'era allora una cartoleria cui si accedeva per alcuni scalini d'angolo sul marciapiedi: e da quell'angolo sbucava, ogni mattina alle otto e mezza, Pietro Chiodi.

La mazzetta dei giornali in una mano, la sigaretta fra le dita dell'altra, procedeva con faticosa speditezza (l'artrite stava scavando la propria vittoria), assorto in vaghi e incalzanti pensieri che gli disegnavano sul volto espressioni rapidamente mutevoli. Non era infrequente che quasi nello stesso momento, dal portone del seminario in fondo alla strada uscisse Don Bussi, l'*altro* filosofo come noi sbrigativamente lo chiamavamo. Chiodi allora, preparandosi ad accentuare, come per una sorta di gioco perenne, la sua totale struttura laicista, gli si faceva incontro, cominciava a discutere, riprendeva il confronto interrotto magari due settimane prima, ed entrambi si accaloravano, di più forse il sacerdote: dalla soglia del liceo il bidello Farinetti guardava l'orologio, intuiva che in un'aula del primo piano i pochi minuti di ritardo del professore favorivano discussioni ben più animate, pensava al preside Riccomagno senza sapere che questi, dalla finestra del suo studio, osservava la scena nella via sorridendo come se fosse presente al dialogo fra i filosofi e parte intima nelle preoccupazioni del fedele guardaportone.

Poi Chiodi saliva in quell'aula, non aveva il tempo d'accorgersi che al suo apparire gli allievi erano silenziosi e tutti ai loro posti: inseguiva l'argomento con cui aveva appena confutato una tesi di Don Bussi, ne analizzava la possibile antitesi, magari la sintetizzava in due tre parole che gli venivano forte alle labbra e che lo riportavano dov'era, a scuola, fra i suoi discepoli.

Non usava mai testi per la sua Storia della filosofia: né per sé, né per nostra comodità. Ogni sua lezione era lezione vera, di vita, di amore per la libertà, di continua ricerca della verità. Socrate e Kant, lo si sentiva, erano i suoi modelli, gli archetipi, le alte sponde entro le quali domande e risposte venivano convogliate verso un uso critico della ragione, verso il motto illuministico «Abbi il coraggio di servirti della tua propria intelligenza».

Non parlava mai del periodo in cui era stato internato dai nazisti, della sua fuga avventurosa dal campo di prigionia germanico, del suo ritorno nelle Langhe dove fu uno degli animatori della Resistenza. Ma impressioni, immagini e ricordi di allora sono in un suo Diario, magistrale per efficacia e per stringatezza. Solo un paio di volte, se ci penso bene, ne fece cenno in scuola. Una per rammentarci, pacatamente, senza enfasi né riferimenti alla sua esperienza, le atrocità dei *lager*: e fu quando ad Alba, pochi anni dopo la fine della guerra, venne tentato un comizio neofascista. In quell'occasione Chiodi fu ancora in prima linea nell'invitare i concittadini a disertare la piazza, esprimendo così lo sdegno per l'inutile affronto ai sentimenti della Langa.

L'altra volta fu quando, a distanza di mesi, il comizio venne riproposto. «Se qualcuno vuol conoscere il nostro pensiero a proposito della libertà per la quale abbiamo combattuto – così disse – ebbene, gli ricordiamo che siamo pronti ad alzare di nuovo ben alta la bandiera della nostra fede ove a quella precisa libertà qualcuno attentasse». Ma era il primo a sdrammatizzare, a servirsi dei toni e degli accenti meno preoccupati, a farsi protagonista candido di aneddoti innocui, se mai demitizzanti a sue spese. E c'era un aneddoto appunto, che Chiodi amava ripetere sempre nel medesimo semplicissimo intreccio, e che gli serviva probabilmente per verificare il grado di familiarità tra professore e allievi.

Infatti ci ricordava che, tempo prima, era divenuto possessore di una robusta motocicletta, una *Saturno Sport*. A quel veicolo, a quella denominazione, faceva riferimento molto volentieri e sovente. Incominciava: «Quando sulla strada tra il Mussotto e Magliano, sfrecciavo con la mia *Saturno* a 180 all'ora...» e noi lo interrompevamo su quella cifra con un «Ohée» di incredulità per niente irrispettoso perché, facendo parte del «gioco», diminuiva dai quaranta ai cinquanta chilometri la velocità della moto.

Ricordo l'anno in cui si uccise Pavese. La lezione che egli tenne alle tre classi del Liceo il primo giorno di scuola, fu la lettura di un brano di giornale dell'agosto precedente con la cronaca del suicidio dello scrittore. Subito dopo lesse, con voce incerta, *Verrà la morte e avrà i tuoi occhi*, e ogni pausa era un poco più lunga, e ogni incontro del suo con i nostri sguardi pareva ricerca di una risposta al «perché» che continuava a rodergli il cuore. In quel silenzio ognuno cercava di interpretare per proprio conto ciò che i giornali definiscono tradizionalmente gesto inconsulto: e sono certo che i più sensibili tra gli studenti riuscivano quasi a viverlo, un dramma così lancinante e mica poi tanto raro.

Anche questo era l'uomo Pietro Chiodi, aperto ai dialoghi davvero più avveniristici, chiuso a qualsiasi conformismo, sdegnoso verso ogni compromesso: e in pari tempo generoso oltre l'immaginabile, una generosità soprattutto di sentimenti che è la più rara, la meno appariscente, quella vera.

Ricordo la sua umanità grande verso chi soffriva disagi, tormenti, incertezze di fronte a scelte definitive. Lo vedo con le sue giacche perennemente sportive, le sue sigarette perennemente americane, i suoi denti irregolari che si mostravano spesso in dolci e rasserenanti sorrisi, i suoi capelli neri sui quali aveva il vezzo di indugiare con una mano, lisciandoli adagio con gesto ritmato mentre – mi sembra di esserne certo – inseguiva con la torcia del più profondo pensiero una proposizione del suo Heidegger. Amava il prossimo, con gli slanci e insieme con il disincantato distacco del galantuomo, e non credo abbia mai fatto una sola preferenza, un solo torto, fra i suoi allievi. Solo dopo, quando gli anni col loro trascorrere trasformavano l'originario rapporto di natura scolastica, egli a parecchi dei suoi discepoli concedeva calda e gentile amicizia.

Uno, in particolare, predilesse: lo scrittore Beppe Fenoglio. Fenoglio era del '22; Chiodi era del '15. Una malora, dover usare l'imperfetto per anni di nascita tutt'altro che remoti.

L'ultima volta che li vidi insieme, prima che Chiodi si trasferisse a Torino per insegnare in quell'Università, erano come sempre seduti nel dehors del *Savona*, sull'omonima piazza di Alba. Rammento bene, era primavera inoltrata, e indugiavano ancora barlumi di sole quando l'orologio all'angolo della via Maestra segnava le sette della sera. Parlavano di un loro antico compagno, un partigiano, forse il partigiano Johnny. Chiodi demoliva un enorme gelato, senza complessi; Fenoglio l'osservava, a tratti con più attenzione e occhio divertito.

Ed erano ancora là un'ora dopo, uno accanto all'altro: silenziosi, però. Ognuno guardava davanti a sé, oltre i tetti della gelateria Coraglia, più in là del cortile di *Vigin 'd Mudest*, nella direzione dove c'è il Pilone della Madonna degli Angeli, dove ci sono gli spazi infiniti che non sapevano – o lo presagivano? – di dover raggiungere così presto.

# Riscoperta del bosco

Il bosco ha un nome per me, è il bosco dello Starda, occupa una valletta che da Neive s'inerpica verso Mango e adesso quasi non lo scorgi più tante sono le costruzioni sortegli dinanzi e d'intorno.

Quando mia nonna mi raccontava di gnomi e folletti, io li localizzavo in quel bosco e persino i quattro suonatori di Brema li costringevo, con la fantasia, a percorrerne i sentieri, mentre mio padre modulava la voce sulle situazioni ora amene, ora orride, della favola da lui ripetutami tante volte, evidentemente perché la conosceva meglio di altre. Il «lumicino lontano lontano», meno vivido eppure più domestico della stessa stella cometa, io me lo creavo là, al sommo del bosco dello Starda e sentivo il fogliacco incrinarsi sotto i miei piedi di bambino.

La deamicisiana Piccola Vedetta Lombarda, doveva per forza essersi scelta un albero dello Starda, per arrampicarsi e poter dire cosa scorgeva oltre gli imprecisabili luccichii del prossimo orizzonte. E mia madre maestra si prendeva guardia dal negarmi categoricamente l'illusione.

«Le truppe austriache stavano al di là del Rio, in fondo alla valle?» le domandavo.

«Può essere» lei mi rispondeva, e sono convinto che non dovesse affatto sforzarsi nel partecipare alla mia supposizione.

Il bosco dello Starda me lo raffigurai sempre immenso, più del mare quando si conosce soltanto l'ampiezza di un fiume, più dell'aula scolastica incontrata la prima volta all'asilo. Così, quando mio nonno Francesco prese per mano me e mio fratello facendoci sentire adulti nell'accompagnarlo a cercare funghi, e intanto che ci avvicinavamo al bosco non potevo cancellarmi la vicenda di Tredicino portato a sperdersi dal padre per far piacere alla matrigna, cercavo di stabilire confronti, assolutamente inafferrabili, fra bosco e foresta, dal momento che m'era stato detto come questa fosse tutt'altra e peggior cosa di quello.

Non incontrai allora, e purtroppo neppure dopo, molto dopo, nel bosco dello Starda, né fate né orchi. Vi rinvenni, invece, più dopo che allora, la Poesia. Anche perché il nonno doveva ritrovarsi innate doti di divulgatore scientifico, e le adoperava per illustrarmi l'identificazione di tutto ciò in cui m'imbattevo.

Fate conto, uno stordimento. Intanto l'aria era diventata più fredda, e più sottile l'atmosfera. La solennità del luogo mi metteva addosso la frenesia e la paura di vedere, come accade ogni volta che è la prima volta. Poi m'accorsi che quel santuario naturale non aveva le rigide delimitazioni fra il sacro e il profano, in esso convivendo il trionfo della naturalità, refrattaria a qualsiasi classificazione.

Il sole del primo mattino batteva sulle cime dei pini, dei castagni, degli olmi, del rovere più snello delle querce, e scendeva con fendenti biancastri a illuminare le affioranti radici di quella vegetazione. I colori dell'autunno riservavano sorprese a ogni svolta del sentiero, nelle bacche delle siepi, nelle ghiandole dei rovi, rosse come le gote d'un antico bambino colto in fallo. Lente cadevano le foglie, staccandosi dai rami degli alberi, per qualche attimo vincendo la forza di gravità e soccombendo quindi al loro destino. Uccelli cantavano, gorgheggiavano, zirlivano, d'un subito zittendosi, ritentando quindi le note, ridistendendo le ugole e di sicuro ci osservavano nel leopardiano intrico delle biforcazioni più alte. Due scoiattoli, o erano forse viverre, scantonavano all'approssimarsi dei nostri passi. Con la fronte disfeci la tela di un ragno che l'aveva tesa fra due cespugli sui lati opposti del viottolo.

«È bello» dissi al nonno. «Ma non ci sono né capanne né bicocche. Mi piacerebbe incontrare l'uomo del bosco».

«L'uomo del bosco sei tu, siamo noi» mi rispose «e lo è ogni creatura che vi si avventura, che lo vive. L'uomo del bosco non ha bisogno di capanne. Il bosco è la sua casa».

Tacemmo e nel silenzio si udiva lo stormire delle fronde rassegnate a mostrare l'argenteo loro rovescio. E si udiva il brulichio di misteriosi insetti che a volte comparivano o timidi o affannosi sotto le foglie già imbrunite dei pioppi precoci a denudarsi.

«È bello» ripetei. «Viene voglia di cantare. O di correre. O di fermarsi ad ascoltare».

«Fai come vuoi» mi accordò il nonno, laico e libertario, ma sacralizzato ai pensieri di un bambino.

«Poi però cadrà la neve...».

«E sarà ancora più bello. Non c'è nulla che eguagli la solennità di un bosco sotto la neve. Se per avventura, pressato da una coltre fitta, un albero vecchio s'incurva e cede, lo senti urlare nel mentre s'abbatte, urla la sua agonia a differenza degli uomini che nell'agonia tacciono. E cadendo solleva una nube candida e gli altri alberi più fortunati e più forti rabbrividiscono. Segue poi un silenzio di tomba».

Il nonno non dimenticava affatto la ragione per la quale eravamo venuti. Si chinava, raccoglieva ora un porcino, ora un ginevrino, ora un ovulo, me li dava da annusare, da ammirare: e ciascun fungo prendeva fattezze della fiabesca dimora d'uno zenzerino.

«Anche in primavera dev'essere bello. Forse più ancora» azzardai.

«Di più, perché? Perché rinasce la vita e i colori sono tenui e sai che s'irrobustiranno? Vuoi dire forse che tu stai meglio di me che sono vecchio?».

«No. Non intendevo dire questo».

E la carezza del nonno ebbe il significato di un'assoluzione alla mia generosa bugia.

# Naja alpina

Bersaglieri e alpini si contendono il vertice della popolarità tra i Corpi militari. Nella parata del 2 giugno a Roma, gli uni sfilano a ridosso degli altri, così gli applausi della folla si mescolano per entrambi, danno continuità al fragore pieno sottolineante l'impercettibile alternarsi tra l'ultima piuma che passa e la prima penna che arriva. Tutto entusiasmo i bersaglieri: la loro fanfara ha note alte, allegre, trionfalistiche, su misura, si direbbe, per rendere la spontaneità partecipazione immediata, per toccare i precordi non troppo abituati, oggi, ai sentimenti d'un amor di patria fin troppo pudico nell'esprimersi, nel darsi veste visibile al di qua dei confini retorici. Tutta caparbia sofferenza gli alpini: la banda è orchestrata su toni lenti, sul quasi unisono di ottoni d'una malinconia struggente, tanto che non sai se la marcia «Tranta sold», ad esempio, sia memoria di ieri o realtà di oggi. Quelli corrono, ti immagini garretti snelli al limite degli scarponi chiodati; questi hanno passi lenti, cadenzati, li senti propri d'un arrampicarsi in montagna dove ogni mutare il ritmo del procedere si ripercuote in una fatica proporzionalmente maggiore. Là i nervi paiono in prima fila, protagonisti; qui sono i muscoli a recitar la parte d'impegno. Ai primi attribuisci occhio vigile e mobilissimo nel volto magro d'atleta, ai secondi non potrai mai togliere la quadrata architettura di visi rigidi dove non sai se abbia indugiato di più il sole o il vento.

Il Nord Italia, qualche punta del Lazio e gli Abruzzi sono zone classiche di reclutamento alpino. L'essere arruolati nelle fiamme verdi non è solo l'*andare a fare il soldato*: è una divisa che, lo sai, ti porterai addosso finché le gambe ti sorreggeranno nei raduni ove il glorioso cappello si guadagna sorridenti simpatie; una divisa che prescinde dalle insegne, dai gradi, intima forse, meglio che ostentata, donde viene quel certo modo di manifestarsi della serenità tutta montanara, contadinesca, rudemente espressa quasi si vergognasse delle gentilezze leziose scambiabili a volte per inutili perditempo.

Gli alpini hanno il padre, il nonno alpino, avranno alpini i figli. E non pare che tra di essi ci siano obiezioni o obiettori: il partire per il battaglione non è distacco, proprio perciò, dalla vita civile ma continuità di dovere, una tappa che il dovere di vivere percorre, compie. Chi tra i giovani di leva tentennasse con qualche indice di disappunto, non credo troverebbe in famiglia chi gli tiene bordone: sortirebbe, tutt'al più, stupore, rammarico, e una gran manata sulle spalle come una spinta di affettuoso incitamento. Nelle stanze da letto, sul piano di finto marmo dei bureaux, accanto alla doppia cornice donde gli avi guardano fissi in severi ritratti, c'è almeno un cappello alpino, con un piccolo numero al centro del fregio, un numero da uno a dieci, il numero di antichi reggimenti; e contro le pareti, sistemati in rozze bacheche, brevetti ed encomi, con croci e medaglie appuntate su un lato, subito sopra la firma del ministro o del generale. Non dico che i giovani, destinati agli alpini, pensino alla medaglia: ma al cappello sì, con ostinazione come si può inseguire l'immagine di un rito, di una cerimonia non inutile. Vi pensano fabbricandosi appunto l'effetto del loro cappello quando, a ferma ultimata, si affiancherà ai consunti feltri grigioverdi, simbolo del perpetuarsi di generazioni oneste, sicuramente non pavide.

Già la partenza assume caratteri vistosi di sagra, con i colossali banchetti che preludono ai viaggi verso la caserma, con i canti tradizionali ispirati da drammatici fatti d'arme, eppur gioiosi nella bocca fresca dei ventenni. Si alternano gli scaglioni, ragazzi di uno stesso paese, della medesima borgata, chi viene e chi va, gli uni imbaldanziti dall'amor del racconto di quanto hanno visto – e magari stravisto –, gli altri attenti per poter usufruire a proprio vantaggio dell'altrui esperienza. Episodi, storie, fatti, riferiti magari di centesima mano, ma con un embrione, un etimo, una radice ben autentica. Spauracchi di dove emergono quali onnipresenti regolatori di fortune o di malesorti i sergenti e i capitani, soprattutto i capitani.

Credo che in nessun'altra arma, né in altro corpo, si parli tanto dei capitani come tra gli alpini. E anche adesso che al grado si giunge prima dei trent'anni, quest'ultimo gradino degli ufficiali inferiori allinea, nelle fantastiche reminiscenze sia pure di ieri, uomini sufficientemente avanti nell'età da essere padri ai loro soldati, sufficientemente nella pienezza dei mezzi fisici da riuscir protagonisti di gesta leggendarie. Il capitano costituisce il punto di riferimento per la vita dell'alpino: è l'uomo che gli dà il permesso e la licenza, che lo consegna al caporale di giornata perché non esca dalla caserma, per punizione. Il colonnello è già un po' sfocato nella poltrona della Maggiorità, col tenente si può anche essere amici e uscirgli assieme.

E in ogni caserma c'è aria di casa – una casa, per la più parte delle penne nere, nemmeno molto lontana – c'è la parlata che ricorda le grate cadenze delle colline natie, ci sono gli amici che si frequentavano da borghesi, e il cappellano per molti aspetti simile al parroco del paese. Vi predomina l'affiatamento, il gusto per uno spirito di colleganza mai sopito, l'orgoglio del dimostrare a se stessi e agli altri quanta resistenza trovi la più dura fatica prima di essere accusata. Pare retorica, ma non v'è nulla di antiretorico come la realtà pura e schietta: persino i mugugni di quando la libera uscita permette quieti scambi d'opinione, sembrano il mezzo umanissimo per sentirsi partecipi con pieno diritto di una posizione cui si tiene, altro che sopportarla.

La stessa terminologia della naja alpina, immutabile e tramandata con il rigore delle cose di rilievo, echeggia le stagioni della vita e le trasferisce in singole porzioni entro il periodo della ferma. Guai chiamare alpino chi compie l'apprendistato, l'addestramento nei quaranta giorni che precedono il giuramento: costoro sono impersonalissime *burbe*, e basta, il che è a dire lattanti, imberbi e sprovveduti ragazzi il cui unico compito è crescere, imparare, farsi le ossa. Dopo il giuramento, e per qualche mese, si è *giovani*, e il trascorrere del tempo attribuirà qualifiche via via di responsabilità, *padri*, *nonni*, *vecchi*. Gli ultimi giorni di ferma, quando all'alpino è quasi tutto permesso – anche di portare il cappello al sarto perché lo restringa nella tesa, o di farsi aggiustare la divisa su misura – gli ultimi giorni dicevo portano in dono il titolo e le prerogative del *trislacco*, cioè del vegliardo stanco al punto che anche la penna gli si inclina sempre di più, all'indietro, sul cappello che incomincia a stingersi.

Ma il ritorno nell'altra vita, quella civile, non ha il sapore di una liberazione, non è la palingenesi dopo il periodo trascorso con le stellette, bensì semplicemente il superamento di una tappa nella parabola dell'esistenza, quando il cammino da compiere accende la speranza e quello fatto dà bagliori di addio. Sarà proprio lungo il nuovo percorso che riaffiorerà il ricordo del tempo andato: e che abbia lasciato buona traccia, lo dimostra il desiderio di riviverlo, non fosse che con la memoria, durante le frequenti occasioni di un ritrovarsi tra antichi commilitoni. Qui la raggiunta maturità offre una diversa angolazione al rammentare; è il vedere le nuove reclute, a far rifiorire il passato, negli aspetti che l'età rende magari più esaltanti di quanto fossero. Anche qui non scorgo retorica, a meno di voler attribuire false solennità alla commozione.

Uno stato d'animo che muta e si rinnova, però, al primo accenno dei lontani e sempre uguali canti, appena l'allegria sale rumorosa dall'animo, tanto forte quanto robusto è il sottofondo di malinconia a darle coraggio. Ho sentito, tempo fa, qualche protesta, a proposito dell'equazione alpino-fiasco di barbera quasi per un'identificazione irrazionale, o solo incompleta. In questi termini si può anche concordare, sorridendo, con i dissenzienti. Ma chi oserebbe contestare che penne nere e vino non vadano sempre assieme come Simmìa e Cebéte? Né io recriminerei troppo, in un'epoca di alimenti così lontani dalla genuinità, sul gusto galantuomo degli alpini per il vinello delle loro vigne, vinello rosso, forte e spiritoso come intuisce di averne bisogno chi in montagna e sulle alte colline è di casa, vesta la divisa militare o i panni sobrii del lavoratore. La scorza necessita pur di codesti supporti, per irruvidirsi come si conviene che essa sia.

Ma all'alpino non è indispensabile una presenza corale nel suo soffermarsi lungo i sentieri della memoria. Gli basta un altro alpino, lo incontri mentre vendemmia, durante la mietitura o in qualsiasi occasione il lavoro metta a fianco gli uomini, specie in campagna.

Ogni pretesto, poi, serve ad accendere nel bicchiere di vino il faro sulla lontana vita di caserma. È tutta da ascoltare la scrupolosa precisione di date e di nomi, di episodi ripetuti identici nelle parole, di frasi fra virgolette, rigidamente uguali a quelle pronunciate dal comandante della compagnia, prima di un attestamento o soltanto avanti una marcia. Due alpini: si scambiano complimenti e si schermiscono a vicenda, tra il piacere di una distinzione ricevuta e il po' di imbarazzo che le lodi sollevano nei semplici. Sono magari nonni ma si sentono vent'anni nelle vene perché dei lontani vent'anni il buon sangue ha mantenuto l'entusiasmo, il calore.

# Una metropoli paesana

All'inizio del secolo un contadino delle Langhe andò a Roma, non in viaggio di nozze, che allora era inimmaginabile almeno sulle lunghe distanze, ma chissà per quale straordinaria improvvisata del destino. Al ritorno, gli domandarono che cosa avesse visto di bello ed egli rispose: «Non ditemi niente. Un mucchio di case mezze giù, una fila di muretti mezzo rotti che qui da noi ci metteremmo poco a ripararli, una caterva di pietroni che al paese andrebbero bene a cilindrare la strada dei Balluri e invece là non te li lasciano nemmeno toccare con le mani».

«E come hai dormito?», vollero sapere.

«Come non ho dormito. Non vedevo l'ora di tornarmene su».

Perché, abituato a dormire con la sua Gina, egli non si dava ragione di dover dividere la camera o lo stesso letto con forestieri d'idioma sconosciuto, nella locanda dove il caso lo aveva condotto a ricoverarsi per la notte.

«Con tutto ciò», aggiunse, «Roma è una città che val la pena», e in questa affermazione c'era il tentativo di dar giustificazione alle spese di viaggio, al costo psicologico di trovarsi su una zattera in pieno oceano, lui che gli sembravano già troppo divaricate le sponde del Tanaro.

Per ciò, Roma è la città più bella del mondo: per il

fatto di confondere gli ingenui, di dissetare gli eruditi, di arricchire i residuanti poveri di spirito, di rendersi ospitale a chi non ha paura del nuovo. Del resto, senza il nuovo, che ospitalità sarebbe?

Ma Roma è la città più bella del mondo anche perché l'annusi come dominatrice in un tempo di dominii, come dispensatrice delle sue glorie in un tempo che i dominii li ha fatti fuori. Tuttavia, nel senso opposto, essa, in quanto erede del suo passato che è la storia del mondo, adotta metodi e linguaggio contemporanei, non si compiace troppo di quello che fu, il suo specchio cerca connotati di forme future piuttosto che di sola memoria. Ed è proprio da questa sua fiera ma tranquilla immagine che sa indossare il doppio ruolo di capitale storica ma anche di capitale avveniristica, nella fondata speranza che il mondo rinunci alle ebollizioni, alle turbolenze, per essere infine soltanto umano.

Per quanto vi sembri strano, Roma è un grande paese, dove nessuno rimane solo a meno che non lo voglia, dove non ci si sperde a meno d'essere disperati da non distinguere neppure più i propri passi. E coloro i quali, a sostegno di presunte arretratezze di Roma, portano a esempio o a confronto quello che si è fatto e si fa in altre capitali europee, evidentemente dimenticano che questa città è ancora aperta a esplorazioni in carrozzella, a dialoghi fra artigiani e clienti sull'uscio della bottega, a scambi di confidenze fra tassisti e viaggiatori, a passeggiate senza meta perché ogni sosta è una meta e qualunque itinerario a caso è un percorso di rinnovate meraviglie.

E c'è del sentimento, a Roma. C'è del calore che

magari non lo si avverte negli stessi borghi di provincia in cui la fretta sta dilagando e tutti rincorrono mille cose insieme, e forse niente. C'è un'arguzia di stampo antico fondata su una filosofia esistenziale a sua volta di radice remotissima.

Il traffico, certo. Un cruccio. Persino un enigma di impossibile soluzione. Poi, d'iniziativa singola, cioè di tante iniziative singole che assommano uno stratagemma collettivo, la via d'uscita è trovata, in un misto d'intelligenza e di santa pazienza, persino con una spruzzatina di buona educazione. Infatti Roma è la città dove, in assoluto, si fa meno uso del clacson, pur quando i grovigli o i tempi semaforici sembrano mettere a repentaglio la saldezza nervosa. Al confronto, c'è maggior clangore di trombe acustiche a Milano e a Torino, che pure detennero il primato del buon senso e della disciplina in termini di circolazione stradale. Qualcuno osserverà che dunque a Roma si è costretti alla rassegnazione, mentre converrebbe riferirsi all'adeguamento pragmatico dei romani, la cui capacità di assorbire le disfunzioni è notevole. Ma è notevole altresì l'onesto riconoscimento della contingenza delle disfunzioni stesse, nonostante ognuno predichi e proponga rimedi miracolistici.

Questo significa anche che Roma è rimasta di animo contadino. Qualcuno inorridirà, altri si stupiranno. Eppure la grandezza dell'urbe è pure nel suo rifiuto a robotizzarsi, a spersonalizzarsi, nella scelta di privilegiare le risorse umane. Nessuno nega l'utilità dei dettagliati riferimenti topografici nei punti ritenuti di assidua frequentazione: però è vero che, chiesta un'informazione al viandante, di solito essa è resa in modo così particolareggiato da far sentire il forestiero quasi fra gente domestica. E un prospetto in scala, uno schema policromo, tutto ciò mica te lo danno Tokio, New York o Washington, Londra, Parigi. Tanto di cappello alla fredda, razionale impostazione della vita urbana. Se al contrario Roma è un paese, per quanto ampio, affollato, variegato, ecco che il modo di accostarsi alla scansione dei ritmi quotidiani è diverso. Direi anzi che questa tipicità contribuisce alla grandezza di una capitale, in ciò confluendo, ma altresì derivandone, le caratteristiche di un popolo per molti aspetti unico come lo siamo noi italiani. Pieni di contraddizioni, di incertezze, di dubbi, di conseguenza mai integralisti, né assolutisti, né fideisti.

Negozi romani. Come ne trovi a Cuneo o a Vercelli. Profumo di un pane che si fa presto a dire non è più quello di una volta. Allora sembrava la somma d'ogni sapore e fragranza perché sulla tavola, oltre al pane c'era ben poco. Lasciate dunque perdere: che buon pane, a Roma, che c'è.

Formaggi? Vengono da... e da... Ogni alimentarista conserva ciò che altri considererebbero stranezza: la stranezza cioè di rifornirsi nei posti giusti dove la produzione non ha raggiunto la frenesia dell'industria standard. E lo stesso per i vini, per l'olio, per le carni. Ecco, mi si citi in quale capitale la gastronomia è ancora oggetto di conversazione, di perfezionismi, frutto di ricettari a cui magari le nonne rifiuterebbero la maternità attribuitagli, perché le nonne sono sempre ostinate e si dispiacciono della pur minima variante.

Roma paese contadino, costituito da un insieme di borghi immensi in cui, via per via, tutti si conoscono, un po' come avviene nei piccoli comuni. Ma come? Non s'era forse sempre sostenuto che le metropoli annullano i rapporti umani, che le famiglie d'un caseggiato sono vicendevolmente estranee? Certo: estranee in un reciproco disinteresse che quasi cela la paura di divulgare pene e croci e sofferenze, in base all'identico principio educativo dei rurali, prudentemente avvezzi a tacere, a fingere di non sapere, a difendere oltre misura la propria intimità.

Poi, nel paese dell'anima e nello straordinario paese Roma, non appena la confidenza si fa strada, affiora una grande voglia di sfogarsi, di raccontarsi, di trarre incoraggiamento dalle situazioni altrui riflettenti le proprie. E allora, una volta di più, questa capitale risulta incrocio e fusione di mentalità, di abitudini, di costumi, di atteggiamenti che si vanno uniformizzando, al modo che dai vari dialetti regionali si sta giungendo a una parlata generale, spesso usata per lingua nazionale, dove coesistono diversissimi idiomi. E il curioso è che si finisce con il capire tutto e tutti.

Stabilire un itinerario di visite turistiche nella città dei Cesari e dei Papi è semplice e arduo ad un tempo. Centinaia di opuscoli, di guide, di vademecum consigliano, indirizzano, contemplano persino il tempo occorrente di sosta in sosta. Gli stranieri perlustrano con l'indice puntato su questi breviari, si fermano, sorridono d'entusiasmo e di meraviglia non appena il monumento o le sue vestigia gli appare e non è più soltanto un nome.

Ogni era, ogni evo, ha qui una sorta di continuità, dai fori imperiali alla mitica Porta Pia all'espansione dei quartieri di stile subalpino.

Musei, gallerie, pinacoteche, centri d'arte di varia tipologia e ciascuno lo si dovrebbe almeno sfiorare. Con un prontuario sottomano è meglio. Ma mi è capitato non una volta sola di sentir domandare a un vigile urbano, o a un passante quasi trattenuto per un braccio: «Scusi. Che palazzo è questo?», con l'inconfondibile accento di chi da tanta abbondanza d'arte e di storia è confuso. E sempre egli ha ottenuto risposta esauriente.

Greggi che pascolano nei prati affiancanti il grande raccordo anulare. Zoccoli ferrati di cavalli sul selciato delle vie farraginose di veicoli nel centro. Persino biciclette con il voluminoso reggipaniere per le consegne del garzone dal forno ai negozi. Preti vestiti come pitocchi e preti con la talare di raso e taluni di quest'ultimi addirittura con la chierica che, non essendo d'obbligo, dev'essere diventata un vezzo.

Carabinieri a cavallo. Pattuglie a piedi in alta o bassa uniforme. Auto civetta sgommanti, sgrigliolanti di pneumatico torrefatto. Sirene spiegate. Tre pensionati che, fianco a fianco, occupano per intero il marciapiedi e discorrono dei loro guai. Infatti, più s'invecchia più s'ingigantisce la paura del domani per il forzoso restringimento del percorso.

Vivere a Roma, anziché a Moncalvo, a Boves, a Casale Monferrato, a Nizza o a Novello, che differenza fa se l'animo è in pace? I tormenti, essi sì, rendono persino la campagna un inferno.

# Moda e costume

Sociologi, psicologi ed esteti affollarono tavole rotonde e simposi quando si trattò di spiegare – irrazionalità dei propositi – la moda travolgente e gradevole della minigonna. Si parlò a lungo di simbolo adattando il termine a una congerie di intenzioni cercate con il lanternino nell'animo femminile. Chi scandì una forma di rottura con il passato, chi si riferì al bisogno di stimoli liberatori da etichette di moralità contingente espressa in centimetri di stoffa, chi spinse l'occhio a maliziose interpretazioni del costume; qualcuno, più cauto, fece in modo di non valicare i limiti del campo d'indagine, registrando l'avvenimento come semplicissimo mezzo, ed assai efficace, inteso a porre in risalto uno degli elementi che meglio definiscono il fascino muliebre. Tutto ciò a livello parascientifico: ché, nella realtà quotidiana, l'avvento della minigonna venne salutato con soddisfatto entusiasmo, non disgiunto da una nota di sottile e bonario umorismo. Se l'umorismo venisse a mancare, l'entusiasmo troverebbe più di un pretesto per manifestarsi sfacciatamente.

«Dove andremo a finire», ripetevano i benpensanti, ma le parole tradivano un conflitto tra l'astrazione di un'etica non ben definita e la concretezza di un colpo d'occhio per niente bisognoso di aggettivazioni. In fondo, proprio questo contrasto non sul come si debba essere bensì sull'ipocrisia dell'apparire, sconfessava l'esistenza di un problema posto nei termini meno pertinenti. Tanto è vero che, trascorse un paio d'estati all'insegna della dottrina di una Mary Quant interpretata con vari criteri, e senza che il mondo soffrisse il minimo scompenso, ecco affacciarsi la moda opposta, prima timida come avviene quando si vogliono saggiare le possibilità di un capovolgimento di fronte, poi erompente, dilagante, infine stabilizzata: quella della maxigonna pesante, fitta nella trama, severa nel colore, ingombrante al disinvolto incedere dei passi, improbabile nella funzionalità, quale a suo tempo contestarono le stesse monache che pure vi erano abituate da secolare dimestichezza.

Sembrerà impossibile, ma l'ansia di interpretare sociologicamente ogni capriccio paludativo del gentil sesso, promosse nuovi congressi e convegni di studio. Chi aveva parlato della mini in chiave rivoluzionaria, non si sentì di avallare, nella novissima moda, una reazione con tutte le complicanze insite nel termine: giostrò attorno alla mobilità dei gusti, azzardò tutt'al più la teoria dell'eccesso che sollecita l'eccesso opposto. Trovò un buon alleato nella frequente compresenza di soprabiti abissali su gonne di brevità vertiginosa. Qualcuno, anche qui, si attenne alla prudenziale constatazione di un animo femminile che quanto più si indirizza verso risultati di parità con l'altro sesso, tanto più cerca di sbalordirlo poi nella chiave estetica di un abbigliamento fantasioso e stravagante.

Ed ecco, ancora, l'eterno benpensante. L'abito alle caviglie non lo soddisfa affatto. Quasi a sottolineare che la virtù sta nel mezzo, egli insiste per l'orlo al ginocchio. «Come è sempre stato», dice, attribuendo per ciò stesso alla sua memoria una chiara patente di labilità. Per lui ieri oggi e domani si confondono in un impasto amorfo dove il lievito è capace soltanto di novità peregrine e antipatiche. Ma fino a quale punto si può discutere in termini di costume, e così sovente, sull'innocente modo di aggraziare – in questo caso contano soprattutto le intenzioni – la figura della donna d'oggi? Io direi che se un fatto è rimarchevole, questo riguarda lo standard di leggiadria, di molto superiore al passato.

Ogni epoca ha le sue mode, le sue abitudini, che sembrano non dover tramontare mai tanto rispondono, in quel momento, a una esigenza o a una particolare intuizione. È certo che nel nostro tempo tutte le donne riescono a mantenersi mirabilmente giovani, tutte eloquentemente belle. Ma, allora, dove sono finite le brutte? È una domanda spontanea, osservando nelle città e nei paesi stuoli di leggiadra avvenenza nell'abbigliamento, nell'acconciatura, nella sapienza di trucchi che esaltano l'abilità del singolo prestigiatore. E mi guarderei bene dal parlare di pura esteriorità, di finzione, di maschera su cui la luce di ogni stagione umana esalta l'essenzialità di quanto deve essere ammirato.

Qualcuno può non essere d'accordo su certi canoni estetici, eppure a me sembra che, nonostante l'apparente contraddizione fra regole del bello così diverse anche in spazi brevi di tempo, esse si avvicinino oggi a un modello naturale, accettabile, gradevole.

Presuntuoso è giudicare il passato su questioni e termini fatui e futili, ma per sostenere la tesi di un buon gusto più equilibrato di ieri, basterà considerare, con un minimo di spirito critico, le immagini delle protagoniste dei film di dieci o di venti anni addietro. Bocche a cuore con violenti rossetti, permanenti indelebili di mostruosa staticità, sopracciglia nette ed esili ottenute con enfiagione di palpebre e di arcate delicatissime, sono molto più false delle innocenti parrucche intercambiabili su volti oggi più umani, più veri. Né mi sembra preferibile l'erompente compromesso di un petto pasciuto oltre il lecito e soltanto immaginato, alla compostezza di una maglietta quasi pudica come una bella viola intravista sulla proda di un ruscello. E a meno di voler essere ostinati per partito preso, ci vuole coraggio a sostenere l'altra tesi, che un paio di pantaloni, cioè, toglie alla donna il fascino gentile simboleggiato dal giunco. Direi semmai che – eccezione fatta per chi segue la moda impersonalmente, con totale indifferenza al responso dello specchio più fedele (con il pretesto che la fedeltà oggi non è più appunto di moda) – direi che Diana e Venere e financo la vaporosa Giunone non stonerebbero affatto, oggidì, in un completo sapientemente aggraziato rispetto al modello che sempre si è voluto considerare appannaggio maschile.

Proprio dal contrasto, evidenziato più volte nella giornata, tra vari modi di vestire, la donna valorizza ed esalta capriccio e sofisticazione che sempre la contraddistingueranno nei confronti dell'altro sesso. Il quale altro sesso conosce a sua volta, in forma più clamorosa ma di seguito scarso, variazioni pure assai ampie in fatto di moda. Anche qui, comunque, ritengo che non sia il caso di scomodare il sociologo perché porti alla luce i motivi di uno straordinario abbigliarsi. Capelli lunghi, barbe incolte, abiti attillatissimi sono in una percentuale che non sembra far testo e forse nemmeno costume. Stupisce di più, semmai, lo stupore di chi dovrebbe essere invece abituato al repentino volgere, risorgere e mutarsi di abitudini, di atteggiamenti, di pose.

È strano, ma venticinque anni addietro nessuno si meravigliò di una moda che rompeva con il passato assai più di quanto ora non avvenga con qualche zazzera inanellata sino alle propaggini della spina dorsale. Ho sempre presenti quegli anni, immediatamente successivi alla guerra: ero bambino e d'estate si andava, sul tardo pomeriggio dei giorni festivi, a veder ballare nelle sagre campestri. In ogni borgata, dalla primavera all'autunno, a turno, mettevano su il ballo a palchetto, rotondo, coperto da un grande tendone a spicchi colorati sostenuto dalla sommità di un palo lucido, e il tutto assumeva la strana figura di una pagoda dalla imprecisa nazionalità. Le giovani calzavano i rubacuori, sorta di sandali ormai spariti anche dalla più sprovveduta delle vetrine, sandali di suola spessa e così poco armonizzata col piede, da costringere i muscoli dei polpacci a guizzare nella massima evidenza a ogni passo di danza. E gonne attillate avevano, e corte oltre il ginocchio: infami nella fattura, ma proprio per ciò nessuno vi trovava alcunché a ridire. Le camicette di seta coprivano giustacuori che parevano esplodere di una vitalità gagliarda e non per questo aggraziante.

I giovanotti gremivano una vasta area della balera. Avevano dei pullover, che allora si chiamavano niki, annodati per le maniche attorno ai lombi in maniera che la lana li fasciasse con vaga figura di toreri. Indossavano camicie dal colletto molto largo e fatto apposta per condannare la cravatta, e pantaloni di un'ampiezza natatoria – magari presi in prestito al padre, allora i guardaroba potevano essere comuni in famiglia – con un risvolto capace di coprire e seppellire l'intera tomaia delle scarpe, e costretto a ondeggiare senza una meta precisa a ogni muovere di piede.

Tra un ballo e l'altro i ragazzi si riunivano al centro della pista, attorno al palo che sosteneva il tendone, e al quale erano appesi, a ragionevole altezza, quattro specchi, uno per ciascun punto cardinale. Davanti agli specchi era tutto uno scandito e ritmato muovere di pettini, per sistemare chiome fluenti raccolte sulla nuca con laborioso disegno all'*Aprilia* perché ricordava la sagoma posteriore dell'allora attualissima vettura. Ed erano capelli impomatati oltre il grado di assorbimento della zazzera più fitta; onde rivoli di brillantina solcavano il collo e le orecchie, come per Tarzan l'acqua densa delle paludi. Eppure erano ragazzi simpatici, affabili nella loro pretesa eleganza, disinvolti nell'ispirarsi agli atteggiamenti di Clark Gable e di Gary Cooper.

Giovanotti e signorine, sono diventati adulti, sono buoni padri e buone madri, hanno contraddistinto un'epoca breve ma intensa, hanno lasciato posto ad altre abitudini – altre mode – senza traumi. Si sentivano, erano se stessi. Si sarebbero sentiti probabilmente stupitissimi se qualcuno avesse voluto psicanalizzarli, farli oggetto di studio, loro che si consideravano soggetti di quieto vivere, forse di duro vivere, null'altro.

# Torino, prima capitale

Torino è una delle quattro grandi città italiane, supera con abbondanza il milione di abitanti, occupa il primo posto nella classifica della motorizzazione senza che il traffico automobilistico – entro certi limiti – abbia per ciò troppo a soffrirne. Eppure, caso strano ma frequente, sembra un poco dimenticata, come se a far da campione a cento esemplificazioni bastassero le altre metropoli – Roma, Milano e Napoli – e non la si volesse ugualmente confondere, via via, con le città minori. Dice il romano, di Torino: «È come vivere in provincia: eleganza, bellezza, signorilità, ma troppa pace». E lo scrittore lombardo Pier Angelo Soldini mi confidava un giorno: «Oh, Torino, che meravigliosa oasi di quiete: credo che mi ci ritirerò andando in pensione».

Un po' di paradosso c'è, evidentemente, ma non so quanto consapevole; nemmeno ho la certezza che si tratti di giudizi approfonditi, vissuti e maturati attraverso una lunga dimestichezza con quei portici, con quei corsi, con quei viali che riassumono una delle caratteristiche più facili e sensibili del capoluogo piemontese. Per quanto estesa, Torino conserva tuttavia pressoché intatto il suo centro – storico e attuale – dove l'armonioso confluire di stili architettonici non diminuisce affatto le esigenze di funzionalità del presente.

I nuovi immensi quartieri non hanno per niente attenuato la forza di attrazione appunto di quel centro, ove ci si reca per sbrigare affari, per esigenze quotidiane di lavoro, ma insieme per il richiamo di un sottile sortilegio che nasce dall'eleganza di un'oasi perfettamente inserita nel vorticoso alveare sortole attorno. Dire via Roma, ad esempio, non è come dire via Montenapoleone, o via Del Corso, o via Caracciolo. Si tratta certo della principale arteria cittadina, ma la qualifica le deriva non tanto dal traffico maggiore, quanto dal compito che essa svolge di santuario delle meraviglie profane, di vetrina del gusto, dell'abitudine, del modo di vivere torinesi, affatto diversi da quelli che una qualunque metropoli suggerirebbe.

La passeggiata che nella medesima strada si svolge con rigore cronometrico; i caffè che si affollano a ore prestabilite nelle tre piazze lungo questa direttrice; la possibilità di prevedere con esattezza quando la circolazione dei veicoli si alleggerisce o si addensa; il piacere di indossare il vestito migliore se un impegno o un desiderio distensivo spinge nel rettangolo tra la stazione di Porta Nuova, il Duomo, piazza Statuto e piazza Vittorio: sono una parte degli elementi che attribuiscono a Torino il superficiale cliché di provincialismo. Come a sottintendere che qui il tecnicismo oggi, avendo trasformato meno che altrove usi e tradizioni, assume aspetti particolari, non di rivoluzione, bensì di adattamento a una robusta radice di ordine, di prudenza, di saggezza.

Avendo di codesti innesti – pregiati direi, se non si vuole ritenere la riflessione un difetto – per forza certe intraprese procedono più lente di quanto non consentirebbe la loro forza intrinseca, frenate quasi dal timore di eccessi comunque ostici ai piemontesi. Lo scrupolo poi di considerare con vero rispetto ogni spesa – a livello individuale o collettivo – può forse suggerire equivoci tra parsimonia e indecisione, tra accortezza e titubanza. Se altrove si pensa e si agisce quasi contemporaneamente; se ci saranno casi in cui l'azione precede il pensiero; a Torino invece è radicato il rituale che vuole radiografata pezzo su pezzo ogni esigenza per il soddisfacimento della quale occorre iscrivere a bilancio un capitolo nuovo di uscite.

Di qui inevitabile, a volte, una scelta di tempi lunghi per realizzazioni che richiederebbero maggiore speditezza, tempi lunghi che hanno favorito la definizione, abbastanza ingiusta, di *bugia nen* – cioè di gente che non si muove – attribuita ai torinesi. E di qui anche, purtroppo, l'abitudine inveterata di considerare la stessa città capace da sola di provvedere a opere che richiederebbero invece contributi solleciti e doverosi. È forse l'orgoglio antico di essere stata prima capitale di uno Stato al cui formarsi il Piemonte ha influito in maniera determinante, che rende Torino poco chiassosa in ogni manifestazione, civile di fronte a qualsiasi motivo di protesta. Iniziative e imprese che vi sono fiorite con sacrificio e con successo, hanno preso numerose e sommessamente, la via del trasferimento altrove; con un rimpianto, in chi le ha viste partire, contenuto in parole di nostalgia, lungi da ribellioni aperte.

È mitezza, gentilezza, riservatezza di carattere – un'altra componente della notissima definizione *torinese falso e cortese* – il nucleo di una fortuna non egoistica, ma volentieri condivisa con tutti coloro che nella città subalpina sono immigrati per cercare lavoro e per offrire l'apporto di energie fresche e preziose. In meno di vent'anni, grazie proprio al fenomeno migratorio all'interno della Penisola, la popolazione torinese è raddoppiata: così per il capoluogo, così per i molti comuni della cintura che ormai si stanno saldando con il grande agglomerato urbano. Moncalieri, Rivoli, Venaria, Nichelino, Settimo, Chivasso, Collegno, per non citare che i maggiori. E in genere la commistione di abitudini, di tradizioni, di mentalità tanto diverse, è avvenuta serenamente, con pochi traumi, senza scosse di rilievo, senza supremazie presunte fra torinesi vecchi e nuovi, riconoscendosi gli uni e gli altri – e gli uni agli altri riconoscendolo – portatori di un germe necessario allo sviluppo, alla crescita, al benessere della metropoli piemontese.

Altre le sedi per l'approfondimento dei problemi, per un'enunciazione di esigenze, di programmi. Più modestamente vorrei cogliere soltanto, nella giusta luce, gli aspetti peculiari di una Torino un poco dimenticata, come dicevo innanzi: non per il gusto di esaltarla, soltanto per renderle una sorta di giustizia spicciola. La quale sul piano pratico sortirà magari poco, ma contribuirà forse a meglio capire l'anima autentica della prima capitale italiana. Così, mentre altrove il ruolo di metropoli finisce con l'assorbire nella stessa le attività e le iniziative di città minori entro i medesimi confini regionali, direi che qui i vari capoluoghi, le varie province non vivono affatto di luce riflessa, ognuno di essi sentendosi parte essenziale di uno sviluppo, di un progresso, di un'espansione in molti campi del lavoro umano. Si capisce, Torino è un polo di attrazione robusto, per il Piemonte, ma il Piemonte che non è Torino non abdica affatto alle sue prerogative fondate su antiche tradizioni rurali, su commerci, su industrie minori e non perciò di scarso rilievo.

Il Monferrato, le Langhe, la Valsesia, il Novarese, la zona dei laghi, la piana saviglianese, la Val Pellice, il Canavese, partecipano e contribuiscono in varia misura alla vitalità di profonda radice del massimo centro d'affari. Del resto, sono molti gli immigrati a Torino dalle sei province piemontesi e dalla Val d'Aosta, gente che nei week-end e in occasione anche di più brevi vacanze torna volentieri e facilmente nella terra d'origine, realizzando così quell'equilibrio non sempre agevole fra esigenze del lavoro, stimoli dello spirito, richiami della nostalgia.

In estate, la Riviera ligure di ponente parla piemontese, ma a mezza voce, senza l'ostentata incisività che rende palese, ad esempio, la presenza lombarda sull'altro versante dell'arenile. È un modo d'essere che non viene mai meno, intinto in un crogiuolo di sentimenti a mezza strada tra il pudore e la timidezza. Come se l'evasione d'agosto dai quotidiani assilli fosse un lusso, il pretesto di gaudio distensivo prima che una necessità fisica. Né le ferie conoscono stagione, mese, diversi da quello appunto d'agosto: chiudendo i grandi stabilimenti, gli uffici, i negozi tutti in questo periodo, la città si spopola per tre settimane esatte e subito dopo torna alle normali occupazioni con una serietà eccessiva per chi non ne conosce a fondo il carattere, per chi intende la vita giocata su slanci fantasiosi e qualche volta pericolosi, e non sa rassegnarsi quindi alla compassata routine di giornate costruite sul modello di ieri e prevedibilmente simili a quelle di domani.

Tolto dalla propria città, a sua volta il torinese è un poco un pesce fuor d'acqua, stenta ad acclimatarsi altrove, non si adegua agli azzardi, agli alti e bassi di un'esistenza più intensa nel ritmo. Finisce poi con l'inserirsi, certo, in ogni diverso meccanismo, ma il suo cuore è sempre sotto la Mole di Antonelli, la sua mente vagheggia i portici di via Roma, le panchine del Valentino, la collina del Monte dei Cappuccini o quella erta di Superga. Viva in climi più temperati, svolga pure un mestiere di soddisfazione, il torinese trapiantato, in settembre disegna nel suo intimo il nitido ricordo di un cielo terso magari solo per pochi giorni, ma capace di avvicinare le balze alpestri già innevate; e immagina le prime brume che nella sua città lontana anticipano, sera dopo sera, l'accendersi della luce elettrica dietro le piccole finestre agli abbaini di piazza Statuto e di via Sacchi.

E quando, in altri luoghi più a sud del Paese, ottobre e novembre danno ancora guizzi semiestivi di tepore, egli accoratamente vede il tergicristalli delle automobili in azione, per cancellare la assidua patina di nebbia scesa tra le scintille del braccio ferroso del tranvai che cerca l'energia motrice sui fili umidi, mentre dai viali stillano gocce e foglie secche.

Realisticamente sentimentale, profondamente

abitudinaria, Torino conquista o respinge. Nella fermezza e nella contraddizione c'è in buona parte direi, la storia delle sue fortune, il motivo del suo fascino, la causa delle curiose remore altrimenti incomprensibili.

# Le bocce, o della serenità

Ha pure i suoi campioni del mondo, questo sport casalingo, umile, sommesso. Sono italiani e li conosco, asciutti, con i nervi saldi e l'occhio sicuro. Li ho incontrati in treno, indossavano una sorta di divisa con un bel fregio sulla giacca, all'altezza del cuore, e parlavano, si capisce, di bocce. Ciascuno aveva due bocce in una borsa di plastica e la borsa era messa sulla reticella dello scompartimento, era sistemata con maggior cura di tutti gli altri bagagli. Ogni tanto alzavano gli occhi, a rassicurarsi che le due sfere d'acciaio fossero sempre ben disposte nonostante gli scossoni del treno. Parlavano di gare disputate e di altre, forse maggiormente impegnative, che li attendevano. Andavano a misurarsi con una quadretta francese e di ciascuno dei suoi componenti analizzavano abilità e punti deboli.

Uno dei campioni, mentre il convoglio costeggiava un lungo viale di paese alla cui ombra giocatori di sicuro anonimato si facevano una partita di molto minor prestigio, uno dei campioni, appunto, si alzò, prese la sua sacchetta, tornò a sedersi, e se la tenne sulle ginocchia, delicatamente, come si fa con le cose, con i sentimenti cari. Poi, continuando a parlare, aprì la sacchetta, ne cavò una delle sfere metalliche e cominciò a lisciarla con un panno giallo. Era una boccia grigioperla, lustra e perfetta. Vi si intravedeva ancora un rettangolino del marchio impressovi a fuoco e che si era consumato nel continuo rotolar sul terreno. Il campione – più che vederlo lo sentì al tocco esperto – raschiò con un'unghia un pezzetto di ghiaia che era rimasto incastonato nell'acciaio, e lì, dove il frammento aveva lasciato una minuscola scalfittura, prese a lustrare di più, come si fa con la vernice delle automobili quando è graffiata solo in superficie e si vuole minimizzare il danno estetico.

Per quanto questo sport sia povero e umile, quelli che avevo di fronte erano pur sempre i suoi alfieri, i primi nel mondo. E nelle loro mani le bocce mi sembravano scugnizzi vestiti a nuovo da un sarto prezioso: nettamente diversi dai loro compagni quindi, pur rimanendo sempre scugnizzi nell'animo e proprio perciò, forse, un poco falsi, come falsa è spesso l'apparenza. I monelli veri, in quel caso, erano le antiche bocce di legno, artigianalmente di peso e di dimensione mai uguale, veterane di innumerevoli partite, scheggiate, addirittura con ferite evidenti nel pioppo e nel rovere di cui erano fatte, ma niente che impedisse loro di destreggiarsi bene tra sassi, piccoli sterpi e improvvise cunette, fino ad avvicinarsi il più possibile al pallino.

Credo che tutti conoscano il gioco delle bocce: si svolge fra avversari singoli, oppure fra coppie o quadrette di antagonisti. Tanti punti quante sono le sfere a minor distanza dal centro di riferimento costituito dal pallino: a questo ogni giocatore fa le proprie accostate che si possono cancellare, da parte del rivale, o avvicinando di più ancora, con lancio calibrato, le sue bocce, o colpendo quelle con tiro preciso in modo da scacciarle dalla posizione raggiunta. Questo, sbrigativamente, ché in pratica ci sono mille regole diverse fra città, fra province, tanto che nelle gare più affollate, nei tornei con grande numero di concorrenti, si ha cura di fissare canoni compromissori per le questioni controverse. Così esistono, nell'ufficialità delle competizioni, norme sul terreno di gioco in fatto di dimensioni e di linearità. Ma in questo caso lo sport è sport davvero, maiuscolo, rigoroso, e quindi poco aperto alla fantasia, all'estemporaneità dell'azione.

Rimane agonistico, ma caricato con infinite sfumature di svago distensivo e rilassante, quando fiorisce da sfide improvvisate, in mezzo a una strada, a una piazza di paese, in un campetto d'una periferia cittadina delimitato da travi o da assicelle. È pur vero che i cultori di questo sano passatempo, i bocciofili, si stanno assottigliando, a causa di una sorta di distacco fra i giovani e tutto quanto richiede calma, pazienza, tempi lunghi, anche nell'assaporare una vittoria. Gli anziani, a loro volta, venendo a mancare i rincalzi, si sentono troppo soli in questo genere di sfide che devono avere incentivi più validi del misurarsi fra l'altrui disinteresse.

Fino a pochi anni addietro i medici consigliavano le bocce a chi, per mestiere logorandosi facilmente i nervi, si trovava nella necessità di ritrovare la saldezza neurovegetativa perduta. In queste cose oggi detta legge lo psicologo, ma non credo che tocchi ventura al suo paziente di sentirsi suggerire rimedi cosiffatti. Giocare alle bocce per vincere nevrosi, per affinare l'arte del dominarsi, per compiere un po' di moto indispensabile all'equilibrio fisico e psichico, può sembrare ricetta troppo antica, cura empirica e facile e fuori moda, se non è capace di sintetizzarsi in un qualche artifizio che la surroghi con minor tempo d'impiego. E poi è uno sport miserello, un esercizio che si annulla di fronte all'eleganza giovane e aristocratica, poniamo, del tennis o del golf.

Che gusto c'è, penserà qualcuno, andare in macchina fino a un campo di bocce, e qui camminare adagio, su e giù dal medesimo rettangolo in terra battuta, come l'uomo primitivo che aveva ristretto orizzonte per i suoi hobby? Allora, continuerà a riflettere, meglio una crociera, un volo in jet, un soggiorno in una qualche stazione climatica se c'è da mantenersi in salute.

È un modo di ragionare, nessuno discute, e in vero del tutto conseguente alla mentalità oggi predominante: che bandisce quanto è semplice, agevole da coltivare, dolce a essere gustato in piccole dosi, in favore d'una vorticosità d'atteggiamenti spesso tutta esteriore. Inoltre è la fretta, sempre la fretta, il demone che condiziona ogni agire, nel cui nome si cercano sbocchi felici a tormentosi ritmi esistenziali. I risultati ognuno li conosce per sé, e d'altra parte se questo è il sistema di vita imperante, non si vede in quale maniera si possano cogliere ancora le gioie intime di ciò che non si conosce, che non si è mai conosciuto. Soltanto mi sembra giusto, caso mai qualcuno lo volesse provare, dire un poco di più di questo gioco delle bocce che nelle buone stagioni continua a trovare pur fedeli cultori, con punte ferragostane dovute a chi lo riscopre villeggiando in campagna o trascorrendo i giorni della canicola nei suburbi dove sopravvivono vecchie trattorie.

Perché lo scenario è questo, eternamente: un campetto al quale l'oste ha voluto con ostinazione sacrificare un pezzo d'orto – dopo chissà quanto discutere con l'ostessa – e ai lati del campetto panche di legno, qualche sedia pieghevole di ferro, un paio di tavole senza tovaglia giusto al servizio delle bottiglie di vino e dei bicchieri che devono sostenere. In genere, c'è qualche pianta di fico che tende le fronde sullo spiazzo rettangolare, e in cima a questo, come una spalliera, prospera di solito un pergolato di viti americane che danno un'uva fragola dal sapore particolare. La partita si svolge sulla distanza dei sedici punti e può benissimo protrarsi per più di un'ora. I giocatori non hanno fretta: prima di lanciare la boccia la lisciano con cura, battono moderatamente il piede destro sulla terra per dare stabilità al corpo che deve chinarsi accompagnando l'accostata al pallino con un'inclinazione della schiena non facile da trovare; poi seguono, con piccoli passi, la sfera che rotola, la guidano quasi, contorcendosi con le anche, la spingono o l'arrestano protendendo il torace o trattenendo il fiato.

Se l'accostata è buona si avviano, adagio, a rallegrarsi l'ugola con un bicchiere, centellinando il vino, tanto, presumono, l'avversario dovrà sudarselo, un punto migliore; in caso diverso scuotono il capo e trovano mille immaginarie giustificazioni per la scarsa abilità dimostrata. Commentano a voce alta, dialogano con il pubblico, che in maniche di camicia segue il gioco a sua volta complimentando o rincuorando con spontaneità, senza ostentazione. E chi esprime il complimento migliore, magari ha in sorte un bicchiere anche lui.

Quando c'è contrasto su quale, di due bocce, sia più prossima al pallino, c'è sempre appunto uno del pubblico che si incarica, forte della sua presunta neutralità, di procedere alla misurazione: con la cinta dei pantaloni, con tratti di spago, con cannucce fatte scorrere l'una sull'altra. Sono operazioni che richiedono tempo, riflessione, occhio onesto e polso fermo. E nessuno mai che dica: «Sbrigati». Anzi, se del caso, una stessa verifica viene ripetuta due, tre volte, sempre da mani estranee all'interesse agonistico di chi è in gioco. A sera, sul campetto, si accende la luce elettrica – solo gli osti più conservatori si ostinano con l'acetilene – e le partite continuano fino a notte avanzata, mai incandescenti perché oltre tutto i consigli dell'ira vanno a scapito di risultati apprezzabili.

Nei paesi i rettangoli di terra vengono sostituiti dalla piazzetta senza asfalto. E dove la luce è insufficiente, sarà a volte un mozzicone di candela posto a ridosso del pallino, a indicare la strada e la distanza da coprire per ogni singola boccia, tra l'incitamento corale e sommesso di un pubblico di appassionati che disegna ombre lunghe sotto la luna.

Gli stress e le psiconeurosi tentarono un giorno, o meglio una sera, di insinuarsi là in mezzo per vedere di far qualche vittima. Incauti: vennero annegati e ingoiati in un solo bicchiere, prima ancora che avessero il tempo di presentarsi.

# La trebbiatrice di Monforte

Sono una trebbiatrice, mi hanno appena messo in pensione. Ho finito ad agosto di battere l'ultimo covone di grano e nessuno può credere che il mio dovere non l'abbia compiuto fino in fondo. Anzi se mi dicessero che un altr'anno devo tornare a inerpicarmi per queste colline e sussultare venti ore su ventiquattro, per due mesi filati domeniche comprese, proverei gioia nelle vecchie giunture di ferro ben lustre dal lungo uso. Invece lo so, l'ho sentito il padrone, un po' di tempo prima della mietitura, che sarebbe stata l'ultima stagione di lavoro.

Io me ne stavo sotto il portico, come adesso, avevo appena finito di scrollarmi il gran freddo dell'inverno e di una primavera capricciosa, ed eccolo, il padrone, venire verso di me, tastarmi con mano amica, compiermi il giro-tondo attorno, più volte, scrutarmi fin nel minimo ingranaggio, raccogliere con l'indice – un dito grosso e nodoso, quasi una spanna di canna d'India – le gocce d'olio che mi sfuggono sempre più svelte. L'ho visto scrollare il capo, l'ho sentito mormorare a uno dei pagliarini: «Bene che vada ci farà ancora l'estate, poi ne prendiamo una nuova, una bella nuova, di quelle che trebbiano veloci, vogliono meno manodopera e rendono meglio. Bisogna aggiornarsi caro mio, fare dei prezzi di concorrenza, sennò possiamo cambiare mestiere».

Vi è mai successo, origliando per caso a una porta, di udire cose ingrate sul vostro conto? Mettete caso che per me sia stato lo stesso: all'ira è subentrata la tristezza – come potevo difendermi? – e mi sono rassegnata. Cercherò, mi son detta, di vivere bene l'ultima mia annata, di fissarmi dentro quante più cose belle mi riesca, così pensando ad esse, fin quando avrò vita non mi assalirà il sospetto di essere stata poco utile. Perché conosco il mio destino, ed è vano nasconderlo, mi smonteranno pezzo su pezzo, prima le parti di metallo, poi i bulloni buoni per altre macchine, infine le mie fiancate di legno dipinte di rosso. Sul mio scheletro, se nessuno lo vorrà, giocheranno i figli del padrone, con i ragazzi loro amici. Infine mi toglieranno dal ricovero, mi porteranno in un canto dell'aia, all'aperto, e lì d'inverno raccoglierò pioggia e neve. Verranno le galline a cercar riparo sotto le mie grandi ali fredde, e da marzo in avanti prenderanno l'abitudine di appollaiarvisi prima che annotti: scambiandomi per uno strano albero che non può fiorire.

Ho quarantatré anni, sono nata nel Veneto e giovanissima mi hanno portata in Piemonte, qui a Monforte di dove mi sono sempre spostata in un raggio di dieci chilometri o poco più. Allora il grano, assieme alla vigna, era la principale risorsa dell'agricoltura, non si trovava un campo senza spighe, l'erba serviva soltanto per consentire al terreno di tirare ogni tanto un lieve respiro nella gran fatica del produrre. Allora mi trovavo alle dipendenze del padre del mio attuale padrone, un uomo alto e solido come una quercia, e due baffi uguali a quelli che portava Re Umberto, stando almeno ai ritratti dei libri di scuola. Baffi che oggi sembrano tornati di moda.

Arrivai a Monforte e non mi condussero subito a casa: mi lasciarono tutto il giorno, sotto il sole rovente di giugno, in piazza, davanti alla vietta che sale al municipio e alla chiesa. E mi riservarono persino degli onori. Mentre ero attorniata da un gruppo di contadini ammirati, vestiti tutti di nero e la catena d'acciaio attraverso il panciotto, sopraggiunse il podestà. Strinse la mano al Barba – così sentii chiamare il mio padrone – e gli disse bravo. Poi, rivolto all'uditorio, improvvisò un discorsetto, assicurò che la sola mia vista lo riempiva di gioia perché dovevo essere sicuramente di buon auspicio per la mietitura imminente e per gli altri raccolti. Ricordo un tale, vestito di bianco, un tale per certo di molto riguardo, che voleva a tutti costi versarmi addosso un bicchiere di vino «per battezzarmi». E ne impiegò il Barba, di parole e di scongiuri, per convincerlo che bastava l'intenzione. Il Barba quel mezzogiorno pranzò all'osteria lì vicino, insieme al figliolo, un ragazzotto di dieci anni altrettanto orgoglioso del padre.

Il mio incontro con le Langhe avvenne così e mi piacque subito quel posto. Di dove ero, contemplavo un susseguirsi di colline verdi tutt'attorno, e ogni tanto mi giungeva il profumo del bollito dall'osteria. Immaginavo gli avventori tuffare gli affilati coltelli nel cicino grasso e magro, scardinando con robuste forchettate la testina ornata da salse rosse e verdi. Le salse mi rammentano quel giorno in cui, al termine di una trebbiata, un pagliarino dalla testa accesa per il fascismo inventò la scomunica per il bagnetto rosso, sostenendo che il rosso non si addiceva a un regime dalla tinta opposta. Riuscì a farlo ragionare il particolare dove avevamo appena battuto, dicendogli che se i pomodori sono sempre stati rossi, non se ne può trarre un sugo di diverso colore. Non sapendo cosa controbattere, il pagliarino tentennò la testa e fece un «Sia», non troppo convinto. Ma questa è storia più recente.

A sera mi portarono in una borgata piena di bei barbagli del sole al tramonto, e capii che quella era la mia nuova residenza. Mi coprirono con un gran tendone giallino, nonostante la calura, ma so che lo fecero per evitarmi il fastidio della polvere, tolsero dal portico vecchi carri, attrezzi, sacchi di cemento e mi fecero posto manovrandomi a forza di braccia. Meno di un mese dopo attaccai il lavoro. Devo premettere che nella fabbrica dove mi avevano costruita, era giunto, a noi trebbiatrici, sentore di come ci avrebbero impiegato, e ci sentivamo fiere del nostro avvenire. Ebbene, la realtà fu più rosea del previsto.

Era una notte di primo luglio. Alle tre del mattino, guardando verso Castiglion Falletto si poteva capire che l'aurora non tardava a sorgere: si schiariva il cielo da quella parte, un lucore diverso dal baluginìo che l'illuminazione elettrica di Alba mandava contro le stelle. Venne a prendermi un gigante di macchina col motore a fuoco. L'unico cilindro che la muoveva scandiva nel silenzio un ritmico pum-pum come un immenso cuore appena sveltito, di tanto in tanto, da un'improvvisa extrasistole.

Giunse con gran rumore di ferraglie, perché trainava un gagliardo eppur gioviale imballatore dal lungo collo sprofondato nella buca, simile a un cigno sorpreso nel sonno; dietro l'imballatore era aggiogato un carro dalle ruote cerchiate di ferro, e sul carro, assieme a barili di nafta, c'era una decina di persone, quasi tutte di mezza età, tutte in buona salute e assai gioviali. Cantavano, e ogni tanto sul carro si accendeva la brace di toscani e di sigarette. La macchina gigantesca fece una conversione verso di me, mi agganciò, e poi prese a girare al minimo. Quanta delicatezza nel suo ingranaggio. Adesso il suo pum-pum pareva una nenia un po' più che sussurrata nel silenzio della notte.

Il Barba diede alcune disposizioni, poi partimmo. Non fu un lungo viaggio. Forse un chilometro, magari meno. Ma andavamo adagio, salivamo la collina mica tanto più svelti delle Umiliate e dei Battuti quando vanno in rogazione. Adesso, lo so, le rogazioni lungo le strade campestri le hanno abolite. Era giorno quando giungemmo da Mentorino. Mentorino non ha mai molto grano da battere, allora ne aveva meno ancora. Ci sbrigammo in due ore, prima che fossero le sette il Barba, suo figlio e i pagliarini erano già a tavola, per la prima colazione, mentre il meccanico mi portava da Pietrino, predisponendomi per la nuova fatica. Qui sì, ce ne doveva essere del lavoro. Il grano non stava tutto in due arcate di portico, ce n'erano molte biche fuori dal riparo dei tetti, protette solo da un telo, lo stesso che usarono come coperchio provvisorio del portico quando questo andò a fuoco due anni prima, e in attesa che rifacessero la travatura e vi disponessero i coppi. Questa storia la ricordò un pagliarino che quando non andava dietro la macchina da battere, lavorava in fornace.

Era già su di giri il Barba quando arrivò con gli altri. Disse: «Ma come, non avete ancora *luato* niente? Bisogna sbrigarsi, sennò mica lo finiamo il lavoro nella giornata». Allora tutti si dettero da fare. Il motore a fuoco mi accompagnò al centro dell'aia, poi corse a prendere l'imballatore e me lo sistemò dietro. Un po' più in là c'era il cavalletto per tranciare il filo di ferro con cui avrebbero avvolto i ballotti di paglia. Il meccanico saggiò che la cinghia non fosse troppo tesa e neppure allentata, che la puleggia risultasse ben oliata nel suo girare in folle, poi diede al motore a fuoco la giusta misura di acceleratore e io iniziai a scuotermi ingoiando le biche disciolte.

Erano ormai le otto passate, il sole splendeva su quasi l'intera aia dove giungeva appena l'ombra dell'albicocco in prima fila nell'orto di Pietrino. C'era attorno a me tutta la popolazione della collina, di sicuro cinquanta persone, tra quelli che lavoravano e quelli che si limitavano a guardare. Costoro erano lì con il solo scopo di mettersi poi a tavola quando fosse stata l'ora: e per meritarsi l'invito se ne stavano accanto a Pietrino, il quale era addetto ai sacchi, dicendogli a proposito e a sproposito: «Bravo, Pietrino, hai seminato bene, ma raccogli ancor meglio. Eh, ce ne sono pochi come te, su di qui, e tu lo sai, solo che, se te lo dicono fai le *schergne*, il ritroso. Guarda che grano, *beica* che roba, *sussì*, questa roba, ha una resa come nell'*amsun*, nella mietitura, del '21».

Pietrino alzava le spalle, si schermiva effettivamente facendo una sorta di boccacce, ma gli altri, i portoghesi della mensa non mollavano, non si rassegnavano, bisognava pure meritarsi un invito in piena regola che non costasse altra fatica dei complimenti.

Continuavano: «Tu sì, che sei un dritto. Eri già un particolare grosso prima, chissà adesso con la tessera di Mussolini, come te la sbroglierai meglio. Ma è vero che vieni tu a comandare? Guarda che noi ti abbiamo sempre voluto bene. Se non ci si vuole bene tra vicini. E poi siamo quasi parenti, lo sai, tuo nonno e il *cé* e la *granda* erano figli di fratelli. Lo sai, no?».

Finché Pietrino non ne poteva più, tra il caldo del sole e il caldo di chi gli soffiava sul collo, gridava: «Lasciatela lì; lasciatela lì, ne parliamo poi a tavola, tutti assieme, adesso siamo qui al lavoro, date una mano piuttosto, manica di fagnani».

Il polverone si vedeva di lontano, lo vedevano sin da Barolo, regolando su quello il numero dei sacchi e facendo un po' di conti in tasca a Pietrino. Io mi sentivo una grande arsura, sudavo ma non avevo nemmeno il tempo di tergermi perché non smettevano un momento di gettarmi nella larga bocca fasci di spighe slacciandoli con lo stesso esperto colpo del tridente che li portava sino a me. Tra il mio ventre e la terra, i pagliarini rastrellavano la pula, bianchi di polvere, e avevano nelle folte sopracciglia pagliuzze portate dal vento. Il cane se ne stava ormai cheto, dopo la gran sfuriata durata oltre mezz'ora, un abbaiare furioso appena mi ero messa in movimento: però mi fissava con ostilità, nonostante le parole rassicuranti della moglie di Pietrino: «Battiamo, no? testone di un *Paris*, forse che non hai mai visto a battere? Se lo facciamo tutti gli anni, sei già vecchio, dovresti averne ormai della cognizione. Va a cuccia e sta *citu*, zitto, tu devi solo far la guardia agli zingari».

Nell'aia c'era già una trentina di ballotti, e i sacchi si allineavano sul piccolo marciapiedi addosso alla casa, e poi entravano in casa dalla portina e si arrampicavano per la scala dritta ed erta, un sacco per ogni gradino, da una parte e dall'altra. Pietrino ogni tanto buttava un occhio a quei sacchi, uno scudo l'uno e faceva i suoi conti. Il Barba i conti non li faceva a mente, ma segnava su un quadernetto a quadretti, lire 0,45 il quintale. Aveva il suo interesse eccome, per questo fece un cenno al meccanico, che mi passò davanti, andò al motore a fuoco, toccò una leva e lo fece girare un po' più veloce.

Adesso l'aia sembrava un campo di guerra, dal capitano al soldato ognuno aveva l'affanno, *Paris* riprese ad abbaiare, io tremavo ancora di più e persino le donne lasciarono un momento il potagé e i dianetti per uscire sull'uscio a guardare. Sorridevano, avevano il viso rosso per il fuoco su cui cuocevano con entusiasmo polli, conigli, agnolotti e bollito di manzo, *frisse* e bistecche di maiale. Portavano in capo variopinti foulard.

Una di esse, più accesa nel volto in quanto, essendo *giaia*, rossiccia di pelle e di pelo, aveva la pelle delicata e pronta al bollore, disse al Barba: «Gli date lesti perché avete fame, oppure perché oggi volete fare una cascina in più? Non sforzatevi, Barba, non lo sapete che i soldi sono sempre stati una rovina per chi ne ha troppi? E tanto non è che ve li portate appresso».

L'altro rispose pronto, urlando da dietro l'imballatore: «Taci tu, donna. Ci manca solo più questa. Non lo sai che le donne non devono mettere il naso in faccende da uomini? Se io avessi i soldi che dici, farei in fretta a portarti via a Pietrino, *boia fauss* d'una *giaia*». Tutti risero forte, e guardarono verso la donna dai capelli rossi che si rifugiò dentro casa, ai suoi fornelli.

Era quasi mezzogiorno quando finirono di battere. Il meccanico andò alla macchina, la riportò al minimo; non spegneva mai il motore, perché essendo a fuoco, ci volevano poi mille machiavelliche a riaccenderlo ogni volta. E anche il Barba si era convinto che gli conveniva meglio così. Gli uomini scesero dalla mia plancia, si riunirono agli altri pagliarini, uno degli addetti ai fili di ferro si diresse verso il pozzo, dove c'era un fico dai frutti quasi maturi e ne colse uno.

«Non tieni più, Nibale? – fece il meccanico – , guarda che ti guasti l'appetito. Ancora dieci minuti e mettiamo le gambe sotto la tavola».

Poi tutti, levatisi madidi le canottiere violacee, si lavarono, sbruffando, braccia e visi in grandi mastelli, togliendosi il più grosso della polvere e della pula. Andarono a mangiare e mi lasciarono sotto il sole, dalla sala dove erano riuniti mi giungeva l'allegro vocìo, li sentivo discorrere ad alta voce e su tutti spiccavano Pietrino e il Barba, questo con un tono di bombardone suonato da bocca inesperta di notte, quello petulante come un clarino. Ma più forte era il rumore delle posate che battevano e cercavano dentro i piatti, il tintinnio dei colli di bottiglia contro l'orlo dei bicchieri.

Quando, due ore dopo, presero a cantare, il padrone di casa uscì con il Barba e gli contò sull'unghia gli scudi, borbottando che quello era un prezzo da *sassin*, d'assassini: ma dovette scucire fin l'ultima lira.

Facemmo ancora cinque particolari, quel giorno, uno aveva l'aia attigua a Pietrino, gli altri poco più su; e ognuno aveva preparato pranzi e merende perlomeno da sposa, al termine di ogni battitura i pagliarini non riuscivano mai a dire di no, tanto che ancora adesso io mi domando dove mai la mettessero tutta quella roba grassa e quel vino di oltre tredici gradi. Mi tennero desta fino all'una di notte; poi gli uomini se ne andarono a dormire, chi nei fienili, chi sotto di me, per ripararsi dalla serena, allungato su un sacco vuoto. Alle tre Pietrino diede la sveglia, mi attaccarono imballatore e carro con la nafta, la macchina mi agganciò e traballando ci avviammo tutti assieme verso un nuovo particolare, iniziando un altro giorno di fatiche e di gioia, di lavoro e di allegria, così per due mesi, finché nelle vigne l'uva cominciava a tingersi di rosso.

Quando fondarono l'Impero, io ero al culmine della mia attività, dovevo trebbiare molto più grano, sembrava non dovesse esserci mai pace. Poi venne la guerra, gli uomini partirono, non tornarono tutti. E altri pagliarini mi lasciarono anche dopo, quando già si ballava di nuovo.

Un giorno di febbraio, standomene sotto il portico, vidi che portavano via il Barba, non lo vidi più, gli prese il posto il mio attuale padrone, suo figlio, ma non era più come una volta. C'era meno gente in campagna e meno grano, sentivo le lamentele dei pagliarini che pretendevano una paga maggiore, e i pagliarini non cantavano seduti sul carro della nafta, ma ognuno arrivava direttamente al lavoro in Lambretta, e saltava metà delle merende-cenaiole senza rimpianto. Il grano costava seimila lire il quintale, e invece degli scudi vedevo passare di mano grossi biglietti oppure piccoli assegni verdini.

Negli ultimi anni, per il mio padrone e per me è stata una continua sofferenza: «Devi cambiare il motore e la macchina da battere – dicevano i particolari – devi aggiornarti. Ad Alba, a Dogliani, anche a Monchiero hanno adesso dei perdinci di trebbie modernissime, che camminano veloci per la strada, fanno il lavoro in minor tempo e prendono meno. Tanto, per il grano che c'è ancora da battere, per quanto conviene seminarlo».

Il mio padrone tentennava, scuotendo il capo e allargando le braccia: «Cosa volete – diceva – oggi neanche a dargli diecimila lire al giorno, si trovano più pagliarini, momenti neanche a rifilargliene quindici. Cosa volete, per la stagione, bene che vada, si possono prendere giusto dei vecchi campagnini, a momenti ti fanno un piacere. Gli altri vogliono un lavoro per tutto l'anno, mica si può dargli torto, no? Preferiscono andare da Ferrero o da Miroglio, lì tutti i mesi la paga corre, poi c'è la mutua, la pensione, le ferie e magari ci trovano la morosa. Dio buono, se è diventato grosso quel Ferrero».

Quest'anno ho fatto la mia ultima stagione, e meno male che sono vecchia, altrimenti mi avrebbe fatto troppo male vedere come sono cambiate le cose in campagna. Vuol dire che adesso, d'ora in avanti, mi terrò i miei ricordi e vivrò pensando al passato.

Finché ci sarà un mio bullone in giro, vivranno il Barba e Pietrino e Mentorino, le trebbiature senza fine di un'epoca lontana, e anche *Paris* continuerà ad abbaiare, ribellandosi alla catena, su per queste colline e in tutta la Langa.

# Vacanze a scaglioni

I preparativi delle vacanze, della villeggiatura, mantengono il fascino antico della fretta, dell'orgasmo domestico, di una sorta d'affanno al quale si riconduce la preoccupazione di non dimenticare neppure l'oggetto forse inutile nel baule dei vestiti e dei sogni. Però hanno perduto il sapore di festa, il vago senso dell'inizio di un'evasione che Natale, Pasqua e Ferragosto assegnavano al calendario ogni anno. Oggi si evade dal lavoro, dalla routine quotidiana come si dice con espressione non sempre pertinente, assai più spesso rispetto al passato.

Già i fine settimana sono motivo opportuno per brevi gite che si allungano con il sapiente innesto di quei ponti che, da immagine originaria di manufatto, stanno sempre più identificandosi con l'aritmetico calcolo di sapiente dosatura nell'allungare in forma lecita il tempo libero. Al punto che, sia il traffico sulle strade creato da questo simultaneo muoversi in massa, sia l'inevitabile fatica del destreggiarsi in una circolazione extra-urbana fitta e disordinata, non è raro trovare chi ormai dichiara in forma perentoria che il miglior week-end è quello trascorso in città, nella pace di piazze e vie semideserte, nella beatitudine di parcheggi a portata di mano, nella quiete del dehors di un locale solitamente affollato alle cui spalle il fluire delle automobili e delle motociclette avviene, nei dì festivi, con ritmo e rumore tollerabili.

Gli assertori di codesta altrettanto elaborata permanenza domenicale entro il perimetro della cinta daziaria, sono di norma i più solleciti nel percepire, tra le immagini di films vecchi appena una dozzina d'anni, un aspetto della città che pare fuori del ricordo di mente umana. «Vedi? – dicono, agitandosi in poltrona davanti allo schermo televisivo, e con una domanda che è insegnamento per i bambini e memoria favolosa per le mogli –. Vedi? In trenta secondi su quella strada sono passati sì e no quattro autoveicoli. E guardali, vanno nei due sensi di marcia, dove adesso procedi invece su quattro file in una direzione unica, e sei sempre fermo, e bene che vada ti muovi nelle ore in cui la gente è in ufficio. Vedi? Quell'attore – ma come è invecchiato, quell'attore, dovrebbe avere la mia età però gli anni io li porto forse meglio – discute con il vigile, nel film, perché vorrebbe parcheggiare al centro della piazza, quando appena più in là c'è spazio per tutti i mezzi pubblici dell'Azienda municipalizzata messi assieme».

Le mogli, le donne, sono meno recettive a simili impronte dell'altro ieri. Sono magari più pratiche. Scorgono prevalentemente gli aspetti della vita d'oggi, e con questa fanno i conti. Non le sfiora – o non lo dimostrano – il dubbio di una progressiva rinuncia a certi risvolti della libertà individuale, rinuncia ben compensata del resto da un benessere discutibile nel suo formarsi e distribuirsi, ma reale nell'evidenza, nella sostanza di un progresso di prim'ordine. Scendono sul terreno concreto del discutere; additano anzi gli altrui mariti più coraggiosi nel cogliere, in ogni giornata di riposo, l'occasione per portare la famiglia al mare o in campagna. Un sospiro eloquente al pari di un lungo sermone, di una perorazione, che spesso lascia il tempo che trova, ma capace qualche volta di smuovere l'ostinatissimo sedicente padrone di casa con la promessa strappata di un breve viaggio la domenica successiva.

Finché il discorso cade sulle vacanze vere, quelle estive, quelle lunghe di cui i figlioli hanno tanto bisogno e che alla fin fine, lo si vorrà ammettere, giovano altresì alle donne di casa, eroine consapevoli di un lavoro alquanto misconosciuto.

Qui una riflessione s'impone. Le statistiche dicono che oltre la metà degli italiani non va affatto in villeggiatura, non riuscendo a iscrivere nel relativo bilancio una somma che neppure il più valente alchimista economico saprebbe stornare da altri capitoli di spesa. Però non è detto che la villeggiatura debba intendersi esclusivamente nella permanenza di un certo numero di giorni in albergo. La scelta è anche sul come trascorrere la vacanza. C'è, ad esempio, chi approfitta delle ferie per tornare al paese natio dove è rimasta, grande e vuota, la casa avita; chi le impiega per riunire la famiglia, intesa in senso semipatriarcale, adesso che dalla famiglia gli anziani escono – inversione malinconica delle parti – così presto, così in fretta, così male.

Comunque le si voglia definire o caratterizzare, le vacanze sono una pausa necessaria e irrinunciabile, al servizio di un rinvigorimento fisico e spirituale tanto più utile quanto più, come sta succedendo, ci sentiamo travolti da un ritmo di vita non sempre connaturato con l'uomo cui, del resto, si offrono scarse alternative. Insomma, esse si sono armonizzate con la nostra epoca, sono divenute, in una parola, più vere, senza le note di civetteria non volutamente umoristica con cui le caricò, per oltre mezzo secolo, una letteratura decadente, suggestiva, falsa. L'orizzonte ristretto del privilegio che le racchiudeva, si è ampliato fino a trasformarle in norma – diciamo sulla carta – fino a farne scaturire un'industria sulla quale migliaia di persone organizzano il loro lavoro. Ma trattandosi di un'industria di tipo particolare, quasi al servizio di un bene pubblico come sono la salute e la serenità dei cittadini, essa dovrebbe caratterizzarsi con i criteri conseguenti alle finalità che persegue, e commisurati con lo specifico genere di prodotto che offre.

Dimentichiamo quella percentuale minima che può permettersi di trascorrere l'intera estate e parte dell'inverno in luoghi di svago sempre diversi. La massa, noi tutti, vede le vacanze con i colori di una pelle che si abbronza al sole di agosto, le insegue per un anno tra il ricordo della villeggiatura precedente e la tentazione di una nuova scelta onde scoprire motivi di un divertimento che si immagina più esteso, fors'anche più congeniale. Basta una canzone, una musica, un ballabile per fare rivivere notti di plenilunio, sere al profumo di oleandri sulla rotonda battuta dalle acque e percorsa dal vento salmastro.

Giorni d'incanto per i più giovani, ore di distensione per chi, avendo una famiglia prodiga di immancabili apprensioni, rammenta di essere riuscito a rivivere, per pochi istanti, i momenti magici di un'epoca in cui sembravano minori i grattacapi, meglio superabili le difficoltà di ogni genere. E poi i giornali, quotidiani e riviste, così amabili nello spronarci, quando sulle strade non si è ancora del tutto sciolta la neve, a impegnare il pensiero in queste vacanze che andiamo maturando con il lavoro di ogni giorno.

A metà marzo, verso San Giuseppe, già conosciamo tutto sulle nuove tariffe di alberghi e pensioni: pur scarsamente convinti, cominciamo a far di conto basandoci sui dati della stagione alta, perché chi mai può approfittare delle convenienze offerte dall'industria turistica nei mesi che non siano luglio e agosto? Il nostro lavoro è organizzato su basi, su ritmi, su calendari anzianotti rispetto al tempo in cui viviamo. Tutti gli anni si comincia a leggere di partenze fitte dalle città per la villeggiatura, nell'ultima decade appunto di luglio. E nelle cinque settimane che separano dalla fine del mese successivo, attraverso nuove ondate di esodi massicci e di successivi rientri, si esaurisce la provvista globale di quell'evasione vagheggiata in termini di necessità prima ancora che di puro svago.

Finiamo dunque per pagare un prezzo ben alto – tra circolazione ingorgata, alberghi zeppi, spiagge ove la conquista di un posto rasenta la fatica dell'impresa grossa – al nostro diritto di riposarci in funzione degli assilli che ci attendono a braccia aperte, dopo le ferie. Al punto che i grandi quotidiani di informazione ricorrono invariabilmente, ad ogni inizio di settembre, al parere dello psicologo in chiave di incoraggiamento per chi si è accorto di essere tornato a casa, dal mare o dalla montagna, assai meno rilassato di quanto gli fosse lecito attendersi. E lo psicologo svolge un argomentare donde emerge una sorta di crisi di riadattamento alla vita cittadina, crisi della quale ci sentiamo vittime quasi tutti, chi più chi meno.

Tirando le somme, se il tempo libero di cui ciascuno dispone è oggi assai più ampio di ieri, esso risulta però distribuito in una frammentarietà di ore e di giorni – lungo una falsariga comune – che poco si presta al pieno impiego ricreativo nel senso esteso del termine. Vanno bene i week-end, ma quanto giovano se lasciano una sorta di singhiozzo per il continuo strappo delle automobili nel loro farsesco e alterno avviarsi e fermarsi per chilometri sfibranti? Vanno bene le ferie: ma sono esse tali da garantire il risultato che dovrebbero mantenere oltre che promettere? E poi ci sono i tragici bilanci di incidenti, di sciagure, ripetuti con una persistenza rabbrividente nei totali di vite umane spente sull'asfalto, fra carcasse di lamiere lacerate con figura spettrale. Ogni anno l'argomento affiora, si sviluppa entro limiti pressoché uguali nonostante i ripetuti inviti alla prudenza, al buon senso, nonostante gli appelli che raccogliamo ma che ci sembra di poter subito dimenticare appena caricato l'ultimo bagaglio sulla macchina.

Sono, queste, alcune considerazioni che ripropongono la necessità di scaglionare le vacanze estive secondo un disegno alla cui elaborazione definitiva occorrono molti dati, l'intervento di svariati fattori, la concomitanza di provvedimenti, e donde c'è però da credere che tutti possano trarre vantaggio: i bambini, ai quali il sole della tarda primavera o dell'incipiente autunno è più benefico del torrido clima del solleone; gli adulti, più liberi nelle scelte conciliabili con le esigenze familiari. Senza mettere nel conto coloro che sull'industria alberghiera campano sforzandosi di migliorarla nelle attrezzature e nei servizi, ma la cui attività non può essere concentrata nello spazio esiguo di un paio di mesi.

Proprio perché quella turistica è diventata industria, proprio perché ad essa si rivolge una massa enorme di italiani e di stranieri, bisognerà decidersi a regolamentarla, a distribuirla entro una stagione non così breve: anche se all'inizio ciò costerà la caduta di tradizioni, di abitudini, di ferragostano folclore che può rimanere come fatto di costume e per ciò stesso destinato a trasformarsi, a essere modificato nel suo evolversi.

# Riti vendemmiali

Cantata e celebrata autorevolmente, la vendemmia ha i suoi sacerdoti più efficaci e sensibili negli stessi agricoltori che ogni anno la eseguono con un rituale rimasto pressoché immutato nei secoli. Perché di tutte le operazioni rurali – e son molte a tenervi dietro, anche per l'esperto – questa è di sicuro la più attesa e gioiosa, in essa confluendo motivi festaioli ed elementi pratici di bilancio, gli uni e gli altri connaturati con l'uomo. È cambiato semmai il dopo-vendemmia, oggi che l'industria si è sostituita al singolo viticoltore nel fissare prezzi minimi e massimi delle uve così da stabilire, con largo anticipo, l'andamento del mercato: se sia un bene o un male non tocca a me approfondire; mi compete piuttosto, nei limiti di questa riflessione, seguire un poco il contadino nei giorni suoi più felici, quelli in cui accarezza con lo sguardo i filari ben carichi di un frutto maturo mentre qualche foglia già tende al rossiccio, anticipando le tinte dei tralci in ottobre; quelli che segnano l'avvio di una raccolta capace di ridar vita, come d'incanto, alle antiche colline sempre più spopolate con il trascorrere degli anni.

Perché, nonostante le statistiche ci dicano che in campagna ormai non sono rimasti che i vecchi, avendo la gioventù scelto in massa la via della città e della fabbrica, allo spuntar dell'autunno molte e fresche energie ritornano ai bricchi aviti, presiedendo a un cerimoniale mai inutile per avere radici profonde nell'esperienza, nel buon senso, nella conoscenza della terra pur con i suoi capricci. Di cambiato, oggi, c'è forse il tono dell'operazione vendemmiale: nel senso che è difficile ormai incontrare chi canti nei filari mentre con le cesoie stacca i grappoli per riporli nelle ceste. Ma, d'altra parte, non c'è abbastanza di canzonette in giro, non ci sono pletoriche confluenze, a ogni angolo di strada, di ariette, di motivi, di gorgheggi professionistici, perché abbiano ancora un senso gli improvvisati stornelli tra il susseguirsi dei vigneti? Nessuno stupore, quindi, se la vendemmia è, sotto questo aspetto, mutata rispetto a un tempo, se conta di più ultimare in fretta il raccolto con il sacrificio sia pure di qualche melodia estemporanea che non rende, del resto, gli acini più pesanti o più grossi. Bando ai sentimentalismi, ci sono affari gravosi in attesa, non conviene farli attendere troppo.

I più anziani, si capisce, certe complicazioni non se le raffigurano affatto, e se in due si trovano a gomito non riescono a rinunciare all'attacco di un lontano ballabile con il controcanto in chiave di genis. Però il loro tentativo sortisce di solito indifferenza, rischia di spegnersi nel discorso impegnato dei figli, dei nipoti. Gli anziani contadini sanno tuttavia il fatto loro: sanno, ad esempio, che un tuffo accorto nelle abitudini seppellite frettolosamente, fa meglio di una medicina. Così ritentano, con canzoni di data sempre più remota, quelle che davano il buon giorno o la buona notte a ragazzi fatti adulti e oggi inchiodati a bollar la cartolina nel grande stabilimento dove sono parti di un preciso ingranaggio. Finiscono con l'avere ragione, con il trascinarsi dietro un bordone che poi sale, distendendosi e spiegandosi su note precise. Ma per poco, ché la monotonia stanca e non è facile pensare proprio a nient'altro che non sia il piacere del momento. Questo andrà bene, semmai, per chi quelle viti ha coltivato, per chi le ha irrorate con lo zolfo e il verderame, zappando tra i filari, in estate, perché nessun'erba sottraesse linfa ai pampini. Loro, i giovani, si sentono e sono estranei a ciò, si considerano in prestito per un'attività che ormai non li riguarda più al di fuori del piccolo commercio svolto con i suoi frutti.

Ma accanto ad essi, altri ragazzi continuano ad allevarsi alla scuola paterna, fatta di piccoli accorgimenti, di consigli opportuni mutuati dall'esperienza, «Prima di iniziare la vendemmia, aspetta che cominci il tuo vicino di podere», rivelando un attaccamento alla terra, alle sue risorse, davvero rara in un'epoca nella quale, per chi rimane in campagna, è difficile persino trovar moglie. Già maturi nell'adolescenza, costoro possono dissentire dagli insegnamenti troppo individualistici e per ciò chiusi a qualsiasi tentativo di nuove sperimentazioni nel coltivare: ma al di là di questa saggia costanza nel più razionale sfruttamento del terreno, non intendono avventurarsi. Mica perché manchi loro il coraggio, anzi sotto questo aspetto coraggiosa fiducia dimostrano nel rimanere e nel trasformare i poderi: soltanto li caratterizza un profondo amore per le tradizioni legate alla campagna, senza che ciò significhi rinuncia a migliorarsi di continuo sì che il loro mestiere assuma aspetti nuovi nell'organizzazione e nella produttività. Grazie ad essi, di primo autunno, tini e bigonce continuano a percorrere, traballanti, al traino di buoi, più spesso di trattori, le minuscole, bianche strade di collina, le viette di pianura dove la vite ha diverso impianto riscattando la posizione meno felice con un accorto assorbimento dei raggi solari.

In vendemmia, io cerco di trascorrere sempre qualche giorno in un paese dove vent'anni hanno trasformato quasi tutto meno questo aspetto felice dell'attività rurale. E ritrovo costantemente gesti, ambienti e scenari, quasi il tempo li avesse fissati su un menabò immutabile nella stesura autunnale.

È pessima abitudine vivere con nostalgia, ma credo sia terribile un'esistenza senza ricordi. Proprio per farmene una riserva, di queste immagini da riassaporare poi, quando gli anni avranno accorciato l'ahimé sempre troppo breve porzione di avvenire, una riserva da consumare con accortezza, percorro le vie del vino mai così invitanti come nella stagione dell'uva.

Ci sono tratti di collina ampia e ariosa, dove ogni *sappello*, ogni sentiero, ha il suo carro in attesa di essere riempito, e attorno fan ressa le ultime vespe settembrine. Ma ci sono anche speroni tufacei, erti e scalfiti come pantagruelici denti, dove qualcuno, forse cent'anni fa ha piantato una vite e dove altri l'hanno rinnovata fedelmente. Anche lassù si scorge la figura minuscola dell'uomo al lavoro – sigaro spento in bocca e gilè troppo largo – e lassù è bello andare, per un colloquio sull'andamento dell'annata, sulla previsione dei gradi zuccherini dell'uva che si trasformeranno in alcool, per una sosta a contatto di una natura viva che parla attraverso il suo prodotto forse migliore e più rappresentativo.

C'è sempre da imparare, a parlar con il contadino.

Difficilmente, anche se il raccolto è ottimo e i prezzi sono alti, vi dirà d'essere soddisfatto. Ma questo è un altro discorrere, rientra nella cautela, nella prudenza, nel pudore di cui l'uomo di campagna s'ammanta come di un'antica veste; o forse è la conseguenza dell'inconsapevole perfezionismo cui mira; o più probabilmente ancora è il suggerimento dell'esperienza che dice di fare i conti solo con il denaro intascato, mai con le probabilità, per quanto ragionevolmente queste stiano per avverarsi. Può grandinare anche in settembre, e pochi minuti di simile malora sono capaci di distruggere fatiche e speranze di un anno intero. E per ora, contro questo flagello non si sono ancora trovati mezzi validi, né sono state adottate, che io sappia, misure cautelative per contenerne i danni.

Quando parla della grandine, il contadino si toglie la cappellina di paglia grossa, come nominando il terribile Signore delle tenebre. E fa scongiuri che lui solo conosce, con rapido scorrere delle unghie sul polpastrello del pollice, efficaci fino a quando il temporale è lontano. Ma dal suo pessimismo esteriore nasce una certezza intima orientata al sereno, fatta di fede viva in chi può tener lontano le calamità peggiori. Ci sono piloni votivi e beneauguranti, numerosi, lungo molti dei sentieri che conosco. E lì, di più in autunno, l'agricoltore rallenta il passo per invocare con pensieri semplici un po' di aiuto e di benevolenza per il suo duro mestiere.

Solo quando l'uva è venduta, quando il contratto, anzi il patto è siglato con una forte stretta di mano, l'uomo dei campi si apre un poco a confidar all'amico la metà di quanto gli è andata bene. Anche qui non per scelta egoistica, bensì in ossequio a una forma scaramantica per gli anni futuri, per i raccolti che verranno.

Domani però, con tutta la famiglia, lo si troverà assiduo alla sagra nel vicino paese, dove hanno messo il ballo a palchetto e dove suona un'orchestrina di tre elementi: fisarmonica, clarino e contrabbasso. Basta un tirasegno, un banco di torrone e un'ammucchiata di cocomeri per un pomeriggio di svago. Quando farà notte, niente di meglio dell'osteria che ha aperto una dipendenza sotto il pinnacolo vicino all'orto, per apprezzare ad alta voce il vino del trattore: pensando che quello dell'uva che ha appena venduto o che si appresta a pigiare, sarà migliore senz'altro, come sapore, come profumo, e con un grado e mezzo in più, almeno, di gagliardia alcoolica.

# Milano, centro turistico

La prima volta che andai a Milano avevo sei anni e le idee poco chiare sul senso della vastità. Per fare un esempio, credevo che il mare fosse sì più grande del Po, ma non tanto da impedire di scorgere, in qualche modo, da qualche parte, l'opposta sponda. Perciò allora a colpirmi furono tre particolari aspetti della metropoli: la immensa tettoia nella stazione ferroviaria che tagliava di netto il fumo delle locomotive appena il treno vi si inseriva sotto a marcia lenta; il Duomo, che pareva minacciarmi come un Moloch sempre più grosso a mano a mano che mi avvicinavo con la testa in su; la Scuola militare – cortili, palestre, edifici, altri cortili – un complesso edilizio neanche da confrontare con la caserma del mio paese, e dove facevano il liceo i futuri aspiranti ufficiali, al comando del generale Giuseppe Cortese.

La seconda volta che andai a Milano, ormai adolescente, mi sbalordì la gran fretta con cui la gente si muoveva: e non solo chi doveva prendere il treno, ma anche quanti percorrevano strade, piazze e viali con evidenti mete diverse, verso appuntamenti d'affari, verso il lavoro, verso faccende che immaginavo delicatissime e risolvibili solo da chi era abituato a tenere il cervello sotto pressione tutto il giorno. Io, che venivo da un paese dove chi si fosse agitato così non avrebbe tardato a crearsi la fama di essere stato nuociuto in tenera età da elaborati sortilegi di stregoni, provai una stretta al cuore nel sentirmi urtato, sballottato, sospinto da una fiumana alla quale i bersaglieri potevano forse invidiare qualcosa.

La terza volta fu diverso, la terza volta che andai a Milano. Avevo anch'io una meta precisa, e anni abbastanza per conoscere qualche malizia; mi fu facile trovare un posto nell'andirivieni, adattarmi un'andatura che mi consentiva di evitare i colpi delle altrui valigie sui miei polpacci, di dare semmai io qualche spallata nelle manovre di sorpasso lungo i marciapiedi. Da allora nel capoluogo lombardo ci sono andato sempre più di frequente, e non mi pare che l'immagine ricavatane sia mutata con l'intervento di fattori capaci a caratterizzarla diversamente. Direi invece che si tratta appunto di un'immagine sempre meno fredda, meno estranea, meno impersonale, come succede nei confronti di tutto ciò che, esaurita la carica del subitaneo sbalordimento, lascia intravedere la natura vera, l'indole genuina, l'anima cordiale: quando di codesti pregi abbia, in buona misura.

Milano del resto s'identifica per tanta parte nel cliché ormai universalmente accettato del personaggio pieno di iniziativa pratica più che di inventiva astratta; beato di un benessere sprigionantesi fin nel dialogare anche meno vicino a questioni economiche; orgoglioso di una solidità finanziaria la cui ostentazione non sconfina nell'impudicizia essendo il giusto e soddisfatto riconoscimento di una laboriosità coltivata quasi al limite dell'idolatria. Se ai genî dell'arte si perdona l'immodestia, ben si può passare quindi qualche compiacimento egocentrico alle grandi intuizioni degli andamenti di mercato.

Dicono che ai milanesi dispiaccia venire superati in autostrada da macchine con sigle di altre province, specie torinesi e romane men che mai napoletane o palermitane, ed è possibilissimo, oggi che nella cilindrata del motore viene a immedesimarsi la bandiera di una leadership privata, di un campanilismo dai buoni frutti generati attraverso lo spirito emulativo e competitivo. Dicono che Milano consideri la propria fortuna, in senso globale, con il gelido calcolo dell'occhio abituato a soppesare soltanto il moltiplicarsi delle possibilità di investimenti produttivi: è probabile pure questo, ma come dimenticare che proprio all'ombra della Madonnina fioriscono le più grandi opere filantropiche, che la solidarietà non vi conosce umiliazioni, che il senso di umanità anche spicciola non è per niente diaframmato dal ritmo vorticoso di un'esistenza frenetica?

Dicono che Milano trasformi la gente, sproni il forestiero, scuota l'immigrato costringendolo – con modi bruschi cui corrisponderà poi un vivo senso di gratitudine – ad adeguarsi in fretta alla mentalità, al modo di operare, di agire, di industriarsi proprio della Lombardia. E nessun dubbio mi pare possa nutrirsi in proposito. Si sente infatti spesso ripetere, in zone di privilegio per le meraviglie che la natura vi ha seminato, e non sfruttate come meriterebbero: «Qui ci vorrebbe un gruppo, una società, un capitale, un progetto, un coraggio tutto milanese. Dovunque loro sono arrivati, lì è giunto il lavoro, il benessere, il successo grazie a uno spirito imprenditoriale travolgente perché all'intuito unisce un grande entusiasmo».

Discorsi siffatti ne ho uditi ovunque in Italia, e mi

sembrano l'omaggio più ambito ai meriti dei destinatari. Dicono che a Milano c'è lo smog, la nebbia, una perenne caligine che finisce con l'incrostare le guglie del Duomo, gli sporti delle case, le facciate dei palazzi, in un continuo rincorrersi tra quanto le ciminiere devono espellere, quanto le fabbriche devono produrre e quanto di ragione avanza la pubblica salute.

Dall'autunno alla tarda primavera, nelle stazioni di servizio sull'autostrada del Sole non sono rare conversazioni di questo tenore: «Ho impiegato quattro ore da Roma a Lodi, e non molto meno per arrivare in Galleria, tanto scarsa era la visibilità e caotico il traffico».

Il problema dei cieli puliti, nei grandi agglomerati industriali, è uno dei più crudi, urgenti e gravi che i Comuni debbano risolvere: proprio perché non rischi di avverarsi l'ipotesi di Hume, che un giorno il sole non sorga più sul nostro mondo. Ma c'è, nella verità di fondo appena espressa dagli automobilisti, una specie di gustosa e voluta esagerazione nell'attribuire a Milano, così ricca di primati, anche quello abissale dell'aria irrespirabile. Qui il mio discorso, fatto omaggio alla realtà obiettiva, vorrebbe interpretare in parte quelle affermazioni: nel senso che esse mi sembrano suggerite anche da un po' di pregiudizio, dall'inveterato modo di considerare la metropoli nella brutta stagione, da una sorta di timore reverenziale per alcuni versi pari a quello che, al mio primo incontro con la città, avevo nutrito per il dio degli Ammoniti, Moloch, identificandolo con fantastica disinvoltura nella maestosità del più celebre monumento milanese.

Milano è città modernissima nel cuore di una regione a sua volta altamente industrializzata ed eminentemente turistica. E centro turistico è essa stessa, di rilievo cospicuo e di interesse vasto, non esistendo contrasto tra due aspetti, in fondo, di un medesimo fenomeno. Anche il turismo è industria, infatti, redditizia, in fase espansiva, caratterizzata da esigenze qualche volta in antitesi con quella che consideriamo tradizionale, ma non tali da escludere un felice compromesso, appunto per una serena coesistenza.

Che cosa offra Milano al visitatore, al forestiero, allo straniero, tutti lo sanno. I primati, le caratteristiche, la storia, le vestigia di un passato intenso, i simboli di un futuro sempre più dinamico e lucidamente programmato, l'animo così complesso eppure di chiara lettura della città, ne fanno un polo d'attrazione, una tappa obbligata per chi voglia conoscere il nostro Paese in alcuni dei suoi aspetti essenziali come folclore, costume, tradizione, cultura, abitudini, spinte in avanti caratterizzanti l'oggi e aperte sulla realtà di domani.

E se d'inverno o anche prima che la stagione ufficiale del gelo si inizi, umidità e nebbia naturale stimolano le più recondite giunture dell'organismo umano a una spontanea ginnastica evidenziata da scrollate di spalle e da fregatine di mani, non c'è da sbigottirsi: gli ottimi vini e l'eccellente cucina meneghina non chiedono che d'intervenire per essere apprezzati nelle migliori condizioni di spirito, nel più idoneo sottofondo ambientale. Anche se, per le migliori condizioni d'ambiente, c'è sempre a portata di mano Torino, e infine le Langhe che sono ambiente e spirito insieme.

# I capistazione che furono

Adesso si telefona dai treni in corsa, su alcune linee i convogli ferroviari raggiungono medie elevatissime, quasi in concorrenza – tenendo conto dei tempi reali per lo spostamento fra le grandi città della penisola – con gli aerei; adesso i treni offrono varie forme di conforto, si presentano come la saggia rivalutazione di un mezzo di trasporto dalle alterne fortune, che in un paio di lustri ha saputo capovolgere un destino al quale pareva condannato dal progresso, iniziando una efficace rincorsa tra le simpatie di chi viaggia per affari o per diletto. Elettromotrici capaci di medie orarie sui centocinquanta chilometri, vetture spaziose e comode, servizi a bordo idonei a rendere sempre più gradevoli i maggiori percorsi dal Nord al Sud del Paese.

Per tutto ciò un sistema di controlli, di segnalazioni, di instradamenti automatizzati, sì da potenziare la sicurezza e da snellire qualsiasi complicanza durante la rapida marcia sui binari. E si parla di progetti, di itinerari, di strutture dei convogli stessi e degli impianti, tali da rendere la fantascienza recente abbastanza vicina alla realtà di domani, anche per quanto riguarda appunto i treni. Ugualmente le divise dei ferrovieri, la distribuzione dei biglietti, la prenotazione dei posti, la regolarizzazione delle tariffe per chi a quest'ultimo proposito sia in difetto, si sono adeguate al modo nuovo di intendere il viaggio, semplificando un apparato prima alquanto macchinoso, fatto di verifiche lunghe, di ricevute ampie come fazzoletti, di talloncini sul cui retro si potevano segnare gli appunti per gli impegni di un'intera giornata.

Ma non fu sempre così. Sembra una favola eppure ci fu un tempo in cui le ferrovie, i treni, i capistazione erano ben diversi. Sino a una ventina d'anni fa; e il limite separa due epoche, da una parte i ricordi fissati dal dagherrotipo della memoria più lucida, dall'altra parte l'oggi, il futuro anzi, ché l'oggi regge sempre meno alla macina incalzante delle esigenze congestionate verso sbocchi di orizzonti da scoprire. Non fu sempre così e, a chi sia toccata ventura, per origini di famiglia magari, di trascorrere alcuni anni in una stazioncina di una qualche linea secondaria, è sufficiente lo sbuffo di una locomotiva, il colore rosso di una lanterna a olio, per ritrovarsi tuffato in uno di quei sogni che sovente occhieggiano tra le attività di ogni giorno.

Ricorre spesso, nella mia memoria, l'immagine proprio di una stazioncina ferroviaria tinta in verde, cinque locali e altrettante porte che davano su un marciapiedi senza tettoia, e davanti tre binari in curva, senza pensilina a dividerli, ma appena un timido sopralzo in terra battuta ai cui lati c'erano cipressetti nani resi asfittici dagli scarichi del vapore. Ciascuna porta aveva una scritta a semicerchio, grande, in maiolica: capostazione, sala d'attesa, movimento, magazzino merci, lampisteria.

L'organico era formato dal titolare dell'impianto, due sottocapi, due manovali. Vi passavano, sostando regolarmente un minuto, dodici treni viaggiatori al giorno e due merci. Ogni treno portava una sigla: dall'*11-40* all'*11-51*, e il numero pari contrassegnava gli arrivi da una direzione, quello dispari le provenienze opposte. Due volte al giorno si verificava l'evento importante della presenza contemporanea di una coppia di convogli in stazione, che si incrociavano essendo la linea a binario semplice. Rarissimo il caso della simultanea sosta di tre treni: ciò avveniva, di solito, se uno dei merci aveva ritardato, scombinando la tabella di marcia. E questo bastava a sconvolgere altresì la pace della stazione, perché i due manovali sembrava non ce la facessero più tra aprire e chiudere i semafori, abbassare e rialzare le sbarre del passaggio a livello, precipitarsi in bicicletta agli scambi manovrati a mano. In quelle rare occasioni, non c'era nessuno all'uscita, a raccogliere i biglietti usati dei viaggiatori in arrivo, e qualche biglietto cadeva sul marciapiedi, altri finivano arrotolati a cordino nella piazza, o sotto il viale di ippocastani.

L'avvenimento richiamava, oltre a frotte di ragazzini, un gruppetto di anziane persone, pressoché costantemente le medesime, che seguivano il traffico appoggiandosi alla cancellata di cemento dalle punte aguzze disposta attorno allo scalo. E quando i treni erano partiti, i manovali prendevano ad asciugarsi il gran sudore passandosi il fazzoletto sul capo con gesto alternato al levar del berretto, mentre la piccola folla andava sciogliendosi, sorridendo e cennando con la testa come a esprimere una sorta di consenso, di approvazione, di «bravi». Per conto mio, correvo subito a vedere quanta ruggine il passaggio inusitato del treno aveva raschiato alle rotaie del terzo binario tolto per una volta dall'abituale inattività.

Il titolare dell'impianto si avvaleva del grado di capostazione di prima classe che gli dava diritto a un quasi cilindrico berretto rosso ornato da cinque fettuccine d'oro; il fregio sul davanti era grande, e il soggolo largo, spesso, incatramato dal lungo scorrervi del fumo che nelle giornate di nebbia si disperdeva in basso dai fumaioli delle locomotive non trovando uno sfogo nel cielo. Dalla distanza fra l'uno e l'altro di quei filetti, si poteva misurare benissimo il grado di vanità di chi li portava: gli ambiziosi vi concedevano molto respiro, i timidi li aggruppavano, tanto da essere quasi impossibile contarli senza farsi venire il mal d'occhi.

Il mio capostazione aveva il senso del pudore senza essere perciò modesto. E la sua divisa era nera, lo stesso panno in estate e in inverno, le sigle dell'Azienda sui risvolti della giacca a doppiopetto, i bottoni gialli, bombé, lucidissimi. Quando era entrato in Ferrovia, il suo berretto aveva un solo filetto, e il suo grado era di alunno contrattista, poi trasformato in alunno d'ordine. Quando fu sottocapo aggiunse un altro filetto. Il terzo, dopo anni duri di trasferte in tutta Italia, specie in Calabria, lo mise conquistando la promozione a capostazione di terza classe. Il quarto lo issò divenendo capo di seconda classe. Al quinto trovò uno spazio proprio vicino alla sommità del berretto quando, sui cinquant'anni, assurse al rango di capostazione di prima.

Quel berretto mi incuteva timore: pesante, duro, sfarzoso e glorioso com'era, mi sembrava il simbolo delle responsabilità che un uomo si porta addosso curvandosi progressivamente nel fisico, mai nella coscienza, nello spirito. Non visto, lo contemplavo a lungo, inseguendo le tappe di una carriera che non potevo fissare nel tempo né per quanto riguardava il suo inizio, né a proposito della fine.

Il mio capostazione faceva, ogni mattina, levatacce crudeli, la sua sveglia suonava alle quattro, in estate e in inverno. Ma non mi pare di averlo visto stanco una sola volta. Quando, sotto Natale, cadeva mezzo metro di neve in una notte, il suono della campanella del passaggio a livello che si abbassava, giungeva ovattato, come da straordinarie lontananze; ma si sentiva bene il raspare delle pale e delle scope di rama sul marciapiedi e sul rialzo di terra, per farvi un sentiero in modo che i viaggiatori mattutini non dovessero infradiciarsi nel manto nevoso.

Allora immaginavo il mio capostazione intabarrato nel suo ufficio, mi sembrava di udire il suono ritmico della macchinetta – un singhiozzo – per stampigliare la data del giorno sui biglietti rosa per le località vicine. Vedevo, col pensiero che li aveva fotografati a lungo, la stufa di maiolica, il grande orologio a muro con la cassa nera, la tabella con l'orario dei treni, la vetrinetta con le chiavi per gli scambi, i due telegrafi e il telefono a muro azionato dalla manovella. Sul telegrafo scorreva una strisciolina di carta piena di punti e di linee che costituivano la storia fresca della marcia di ogni treno. Tradurre il tutto in parole, e rispondere con il medesimo sistema, aveva l'aspetto d'un'opera di alta stregoneria, per pochissimi iniziati.

Alle otto, quando il cielo sbiancava e bisognava alzarsi per la scuola, c'era sempre un merci che stazionava sul primo binario e i manovali dovevano piombare diversi vagoni, caricando e scaricando ogni genere di derrata. Aveva un fascino unico camminare vicino a quei vagoni; vi proveniva un ibrido di odori: di granaglie, di farina, di carrube, di neve cristallizzante particelle di carbone uscite assieme al fumo dalla locomotiva tipo 735. E più il convoglio era lungo, maggiore diventava il tempo di sosta rendendosi necessarie manovre di varia natura perché i carri da aprire fossero all'altezza del magazzino. C'era ressa sui treni, il giorno di mercato nella vicina città, una ressa festosa. Le donne andavano a comprare lenzuola di batista, nastri ed elastici, gli uomini a vendere i vitelli. E di prezzi e quotazioni le une e gli altri discorrevano, ballonzolando sui sedili di legno delle carrozze di terza classe.

In primavera, gli occhi azzurri del mio capostazione prendevano il sorriso dei fiordalisi, schiarivano di luce intensa la visiera appiccicosa del berretto, ammiccavano ai passeggeri che si erano attardati sul treno e che gridavano perché, non avendo modo di scendere, pensavano con terrore ai quattro chilometri che dovevano poi farsi dalla stazione successiva, per tornare indietro.

A sera, in maggio, quando il cespuglio di lillà nel giardinetto era in fiore, i macchinisti scendevano a coglierne un ciuffo a grappolo, se lo infilavano all'occhiello, rimettevano in moto il convoglio che si allontanava sbuffando fumo rossiccio, per il riverbero della fiamma e della brace alimentate dalla pala del fuochista. Dalla lampisteria venivano altri odori: olio, petrolio, stoppini, divise vecchie, lampade fuori uso, legna stagionata, carburo, ritagli di cascame che i manovali usavano per tergersi l'unto dalle mani.

Adesso si telefona dai treni in corsa, si viaggia rapidi, comodi, sicuri; ma i capistazione che furono, i vecchi convogli di luce fioca dove la lettura del giornale era gran fatica, ogni tanto compaiono in questa realtà scintillante e sembrano, e sono, l'immagine di paradisi perduti.

# Cara libertà

Eravamo in tre, nello scompartimento ben riscaldato d'una vettura ferroviaria, e il treno non faceva fermate tra Livorno e Roma. A dire il vero fino a Livorno eravamo in due soli, il terzo aveva preso posto con noi salendo nella città labronica. Salì e disse che faceva caldo, che conveniva aprire il finestrino. Accompagnò subito la proposta con i fatti. E incominciò a parlare della libertà. Io avevo un libro in mano e mi fu facile tuffarmi nella lettura. L'altro, il più antico compagno di viaggio, non disponeva neppure d'un foglio di giornale, e dovette perciò acconciarsi al dialogo.

Disse il livornese, scuotendo il capo: «Sono riuscito a partire mettendo a repentaglio la stabilità del mio enfisema polmonare. Dall'albergo dove mi trovavo, avevo deciso di prendere un mezzo pubblico e farmi portare al treno, ma i mezzi pubblici, mi informò il portiere, erano in sciopero. Allora pregai il portiere di chiamare un tassì, e per quanti numeri di telefono componesse, di tassì non ne apparve nessuno. Così ho afferrato le due valigie e sono giunto appena in tempo. Viviamo in un clima di perenne libertà, bisogna riconoscerlo, ma quante altre, magari piccole, libertà, sacrifichiamo a quella con l'iniziale maiuscola?».

L'altro viaggiatore accompagnò un cenno di sorriso con una sorta di grugnito, donde avrebbe dovuto trasparire consenso alla tesi. Il nuovo venuto non raccolse lo scarso entusiasmo del forzato interlocutore, e aggiunse: «Prendiamo Roma o Milano o Torino; prendiamo Napoli o Palermo o Genova. Tu decidi di recarti in macchina in un punto qualunque di quelle città, però ti avvii e sai di ignorare se e quando ci arriverai. Il grande traffico è segno di benessere, è conseguenza del progresso, è indice di civiltà almeno come la intendiamo oggi, ma se sull'altro piatto della bilancia poniamo il prezzo che dobbiamo pagargli, potremmo benissimo definirlo nella maniera opposta. Lei, caro amico, oserebbe contestare che sia nel vero chi parlasse di malessere, di regresso, di dissociazione tra civiltà vera e apparente, a proposito del traffico stradale? Su, su, risponda senza schermirsi: oserebbe?».

«Io non oserei – sussurrò sbigottito il viaggiatore, dando una sbirciatina verso di me caso mai avessi voluto venirgli in soccorso – non oserei affatto. Sono anzi d'accordo, d'accordissimo. Ma – azzardò l'incauto sapendo di soffiare sul fuoco – cosa suggerirebbe lei per rendere le strade più scorrevoli? Sa...».

Non poté definire il concetto che subito venne ripreso così: «Io non suggerisco, io mi limito a constatare; i suggerimenti dovrebbero darli quelli che stanno in alto e dispongono delle leve per decidere – fece un sorriso furbastro –. Ma se capitasse a me di poterne manovrare una sola di quelle leve, e per pochi minuti, ecco, con uno *zac* deciso chiuderei le città alle automobili. Tutti a piedi, come ai bei tempi, o al massimo in autobus, a condizione che ci siano gli autobus, si capisce, che marcino e rispettino gli orari».

«Però», azzardò il suo vicino.

«Però che cosa, non è d'accordo? Suvvia, parli una buona volta, non abbia timori; c'è libertà assoluta di opinione, che diamine, se non è d'accordo lo butti lì e non se ne parli più».

Il povero viaggiatore senza libri avrebbe forse potuto buttare lì una risposta laconica, sperando che l'altro mantenesse la promessa; invece, attirato nel trabocchetto della conversazione, esclamò trionfante: «Se lei costringesse tutti a piedi, priverebbe i cittadini della libertà di muoversi a loro piacere, e con i mezzi e i rischi che preferiscono».

Non fu affatto un trionfo, in ogni caso, ché l'interlocutore interruppe lesto: «Me l'aspettavo questa osservazione, oh, se me l'aspettavo. Lei confonde la libertà generale con le libertà particolari».

«Non sono forse queste a comporre quella?».

«Nient'affatto, lei è rimasto ai criteri induttivi, mentre oggi bisogna dedurre, amico mio, dedurre ossequienti al pragmatismo che ci sovrasta. Se sia un bene o un male giudichi lei; in ogni caso, e sono pragmatico anch'io, esso fa parte della nostra vita d'oggi e bisogna dargli il giusto peso, le pare?».

Una stazione sfrecciò davanti al treno, e il viaggiatore costretto al dialogo guardò da quella parte come attratto da un preciso interesse. Comunque, fosse che non gli riusciva di dissimulare le intenzioni, fosse che l'altro non andava troppo per il sottile, si sentì riportare alla conversazione da un perentorio «Allora?».

A questo punto io assistetti a un capovolgimento di situazione sorprendente. Il mio antico compagno di viaggio si accese una sigaretta, si schiarì la gola, e cogliendo evidentemente in contropiede l'altro passeggero, cominciò a parlare: «In effetti bisogna ammettere che oggi siamo un po' tutti condizionati nella nostra libertà dal modo di vivere cui accordiamo fiducia piena. Ad esempio, ci sono canoni, norme, non vincolanti fin che si vuole, ma così ossessivi nel loro continuo proporsi da rendere difficile o sconveniente il resistervi».

Il livornese questa volta non interruppe, toccò anzi a lui di annuire con visibile interesse. E mentre era la stazione di Grosseto a mandare fette rapide di luce contro il finestrino dello scompartimento, il mio antico e trasformatissimo compagno di viaggio continuò: «Prendiamo questa faccenda dei grassi: degli uomini, delle persone grasse. Oggi avere l'aspetto florido, l'ornamento di una ragionevole pinguedine, la paciosità di guance piene e di gote distese, l'impronta d'una pancia di riguardo, è considerato gusto aberrante, debolezza imperdonabile, infelice auspicio per il presente e il futuro. Oggi che si condanna il culto della personalità, fiorisce quello del fisico scattante, se vogliamo, appunto, quello della persona agile e asciutta, aggettivi in cui pare riassumersi la quasi totalità di supposte efficienze anche mentali. Per me, lo confesso, è questa una schiavitù autentica; perché si ha un bel presentare siffatta moda maniaca come un cardine della buona salute, donde il servirsene verrebbe lasciato alla discrezione di ognuno, ma è chiaro che la persuasione agisce più in profondità, suscita complessi in merito alla mancanza, per scarti anche minimi, del cosiddetto peso forma, costringe a uniformarlesi schiere di individui che mai avvertirono la formosità quale origine di trascuratezza e che si presero sempre ben guardia dall'identificarla in un difetto.

Una volta, e con dispiacere traggo esempio dal passato, io che mi considero uomo della nostra epoca, una volta le persone grasse erano considerate con simpatia, suscitavano a prima vista sentimenti cordiali, gli si riconosceva (ignoro per la verità in base a quale statistica) umore costantemente eccellente, arguzia di favella, spirito salace temperato e per nulla graffiante; al contrario erano i magri a impersonare scompensi nervosi, li si prendeva anzi a simbolo di irritabilità, di incostanza, di una arcana scontentezza capace di sbocchi imprevedibili. Metti, un giovane di vent'anni. Se a trenta gli si tendeva il panciotto per una lieve prominenza di adipe, gli si attribuiva subito affermazione negli affari. Mentre le donne bene in carne si conquistavano la simpatia delle suocere, sì che l'armoniosità di linee prescindeva dalla fettuccia centimetrata».

Il viaggiatore guardò nella mia direzione, tornò a fissare il livornese, parve assestarsi meglio tirandosi i lembi della giacca sul petto, e proseguì: «Le diete, poi. Tutti le consigliano, le impongono, le seguono, e sono diete dai nomi suggestivi, tratte magari da formulari esotici su cui un po' d'anni fa si sarebbe sorriso. Chi non è a dieta, ormai ha scarse probabilità di successo; chi non segue una dieta rinuncia ad affermarsi, ad occupare posti di rilievo: così dietro a scrivanie sempre più grandi stanno uomini sempre più piccoli, nella circonferenza se non nell'altezza. Dicono che i cibi non sono più genuini, e posso sottoscrivere, posso farlo senza rimpianti: ma dove è finito il gusto di un buon pranzo, con una serie di piatti di fronte ai quali e dopo i quali un tempo ci si imporporava dal piacere, mentre adesso si impallidisce per l'affanno? Metti, ancora, una domenica qualunque, di quando il grande Torino era la Nazionale di calcio o anche solo di quando la Callas non si chiamava Meneghini. Come uno aveva preso la Messa, in quelle domeniche là, si era liberato degli impegni della giornata, e poteva mettersi allegramente a tavola restandovi fino alle cinque del pomeriggio. Non che gli venisse un mal di testa, non che dovesse prendere una pillola; tutt'al più una grappa, come digestivo. Adesso la bistecchina con due patate lesse, un bicchiere d'acqua minerale e mezza pera senza la buccia. Dico io, è mangiare mai, questo?».

Ci eravamo appena lasciati Ponte Galèria alle spalle, avevo finito il libro, nel corridoio gente si preparava a scendere. Apparve il Fungo dell'Eur dall'illuminazione vivace, e il livornese preparò i suoi bagagli. Si vedeva che una domanda gli bruciava, così a un tratto domandò: «Ma lei, scusi, lei allora, che è così magro, asciutto, senza pancia? »

«Perché sono a dieta, oh bella – rispose il viaggiatore – una dieta eccellente che non c'è ancora sui giornali. Se vuole, in confidenza gliela do. Dunque, al mattino, dopo una spremuta di pompelmo...».

Ma il treno era giunto a Termini e i due scesero assieme: parlavano concitati, sempre più lontani. Così non seppi mai la formula di quel mirabolante regime alimentare.

# L'uomo che andava per tartufi

Chi, per mestiere o per diletto, non ha scritto qualcosa sui tartufi e sui cani che li scovano? Ricordo un periodo, dieci anni fa o giù di lì, in cui la fiera d'Alba meritava sui quotidiani del Nord, per giorni, per settimane, titoli a molte colonne e almeno un paio di fotografie per articolo; e in cui *Barot*, il professore, l'uomo che a Roddi insegnava appunto ai cani la via più corta per individuare i tuberi sottoterra, era più famoso di certe attricette di mia conoscenza, e anche le riviste a grande tiratura ne pubblicavano il ritratto, in mezzo alle sue creature, all'ombra della torre al cui fianco era sorto l'aereo serbatoio in cemento dell'acquedotto.

Anch'io ho qualche merito nella piacevole fatica d'aver tessuto lodi al tartufo. Ma nell'ambito di questo discorso assume maggior rilievo il cercatore rispetto alla ricercatissima preziosità gastronomica.

Fare appunto il cercatore di tartufi, o più sbrigativamente il *trifulau* come dicono dalle mie parti, è mestiere antico, sano, rude. Un mestiere buono soltanto dall'inizio di settembre alla prima neve, quando cioè il tubero è maturo, gustoso, profumatissimo.

E, curiosamente, senza via di mezzo è anche la figura di chi a questa attività si dedica. Di tutti i *trifulau* che ho conosciuto e conosco, non ne ricordo uno di altezza, di peso, di fisico insomma, nella media.

Erano e sono o pezzi di Marcantonio, palanchini d'uomini cui parlare a testa in su e di robustezza eccezionale, o miti esserini di poca statura e di circonferenza racchiudibile nelle due mani. Questi hanno un vantaggio su quelli: essendo assai più bassi, percepiscono meglio l'aroma che i tartufi sprigionano nelle profondità ove attendono di essere colti, e contano quindi maggiori probabilità di individuare a colpo sicuro il nido. C'è chi dice che gli altri, per la loro mole, la vincano sempre in caso di contestazioni con i bassi colleghi: ma non è sicuro, io riporto la curiosità come me l'hanno raccontata a Rocchetta, una sera che cenavamo dal *Blin*.

E poi una precisazione è necessaria. Con legge tale, numero tale, del mese tale dell'anno 1970, si è ammazzato il mestiere di *trifulau* come lo intendo io, mestiere per il cui esercizio non occorrono patenti né permessi speciali, ma solo predisposizione, buon naso e profonda conoscenza delle zone ove si opera. Perché la legge recita adesso, nel suo precetto, il divieto di raccogliere liberamente tartufi ove si creda, avendo i proprietari dei terreni il diritto di considerarli riserva e di affittarne l'industrializzato scandaglio. La specifica norma ha il pregio di proibire la raccolta dei tartufi prima della loro maturazione, e di ciò le va dato atto, ma perché, nel contempo, adattarla a ghigliottina per una minuscola e saporitissima fetta di folclore langhigiano? Oh, il denaro, l'interesse, i soldi, il malinteso rispetto per la proprietà, quanti cultori conoscono.

Così i vecchi *trifulau*, essendo privati della materia prima, la terra, ove svolgere le coscienziose ricerche, sembrano destinati a un malinconico riposo. Il loro mondo è da sempre la Langa, al singolare, che è termine più affettuoso della versione Langhe un poco più fredda e molto geografica: né si può pretendere che essi affittino centinaia di acri o di giornate di coltura o di gerbido, per lavorare al sicuro, dove andrebbero allora i profitti? Si arriverà magari a contraddistinguere con paletti le circonferenze più redditizie, dove ogni anno il tartufo si riforma per misteriose combinazioni genetiche. Ma nessuno, o ben pochi, sarà più in grado di scoprire le nuove zolle buone, da tener d'occhio in autunno caso mai si gonfiassero per l'afrore dei tuberi in crescita; e lo stesso essere depositario di antichi segreti geologici perderà il fascino autentico di una ricchezza potenziale che ha sempre finito per tradursi in moneta sonante.

Teodoro ignorava l'evento prossimo di una simile legge, quelle poche ore che trascorremmo assieme quando salì sullo stesso mio treno che da Calosso portava ad Alba. Calosso divide la stazione ferroviaria con Castiglione Tinella, la divide in buona armonia pur se i due comuni appartengono a diverse province, Asti e Cuneo rispettivamente. La stazione è piccola, proprio di fronte a una gran curva della strada, e ha un solo binario. La maggior parte dei treni la salta, se ne ferma mezzo minuto qualcuno, sette o otto nell'intera giornata.

Specialmente al sabato, che è mercato ad Alba, col treno delle sei c'è sempre abbastanza gente in attesa, contadini che vengono dall'Osteria, dalla Piana del Salto, qualcuno persino dalla Madonna del Buon Consiglio che figura spostata verso il Boglietto. In autunno alle sei del mattino l'aria è fredda, e allora rimangono tutti al chiuso della sala d'attesa, e nella sala aleggia l'odore del tartufo che arriva alle narici come una sferzata d'entusiasmo. Anche sui treni è la stessa cosa, da Nizza ad Alba: il regolamento ferroviario vieta di portare tartufi in treno, ma i controllori fingono di essere raffreddati, di avere il naso chiuso e lasciano correre; anzi, parlando tra di loro in dialetto alessandrino del *Crist* e degli *Orti*, dicono sempre: «*Ist l'è 'l mei udur del mond*» cioè il più buon profumo del mondo.

Salì Teodoro e come mi vide, mi trasse fuori dallo scompartimento tutto di legno, tirandomi per una mano in fondo al corridoio, sulla piattaforma della vettura. Si portò l'indice destro a fianco del naso, per zittirmi con gesto complice. Si chinò, mi fece chinare, guardò che non sopraggiungesse nessuno, si decise ad aprire una valigetta di fibra, mentre dalle fessure grosse un dito dei finestrini e delle porte che non chiudevano ermeticamente da anni, venivano decine di spifferi gelidi.

«Trifole – dissi – tartufi, quanti ne hai lì dentro, saranno almeno tre chili, forse di più, fin dove ti sei *rampignato*, dove ti sei arrampicato, per trovarne tante?».

«A te, te lo dico – fece Teodoro – sono due chili e ottocento grammi. Senti questa, dammi la comprensenza, senti questa che *farinella*» e trasse un tartufo ragguardevole per dimensione, eccezionale per omogenea sfericità, senza un graffio, bianco come una patata pelata rimasta all'aria per pochi minuti, profumatissimo.

«Prendi in mano questo affare qui – insistette Teodoro –, attenzione che non ti scappi, ma guardalo bene fin che vuoi, sette etti e mezzo di trifola tutta insieme, e di qualità extra. Questa qui basta che io apra la bocca, e mi sono tutti sopra per comperare. C'è Demetrio di Bossolasco, che una *barbisa* così me la fa su a occhi chiusi, solo farglielo sapere. E ci sono i Morra, c'è Ponzio, e c'è Miliu di Benevello, Capra di Neive, Bona di San Donato, e quello dell'albergo di La Morra, sono tutti miei clienti, quando io arrivo sul mercato di Alba gli altri *trifulau* si fanno in là genati, perché la mia roba non è mica da tutti i giorni».

Teodoro mi tolse il tartufo, lo posò delicatamente con gli altri, chiuse la valigia e si alzò in piedi tirando su forte col naso.

«Due chili e ottocento. Quanto pensi di portar via con un carico così?», domandai.

«Con una *cària* così, aspetta, lasciami fare un po' di addizioni» rispose Teodoro che già sapeva fin l'ultima lira sotto la quale non sarebbe andato. E riprese: «Due chili e ottocento, togli la trifola più bella e restano quasi due chili. Metti poco, metti poco, io non sono come certa gente che sta dietro anche al soldo, ma duemilacinque all'etto, vorrai darmele, no?».

«Io te ne darei di meno, chi mi dice che non te li sia fatti arrivare da Acqualagna, questi tartufi qui, e che gli abbia dato un po' di odore mettendoli con quelli nostrani?».

«Mai, questo mai, io piuttosto sto senza mangiare un giorno, ma una *balossata* così, un imbroglio così, non son capace di farla, io. Eh, lo so che ce n'è, di gente con poca coscienza, ma non di sicuro Teodoro. Allora, fa un po' i conti?».

«Sessantamila, allora, ti porti via sessanta sacchi».

«Sei fine, tu, *cuntacc* se sei fine, è proprio quanto pensavo. Io vado a *stim*, a occhio, non è che i conti li faccia tutti con la penna, però non mi sono mai imbrogliato».

«E la *barbisa*, la trifola bella grossa, quanto ti porta in tasca?».

«Non lo so, lì non si può dire prima, dipende dal numero degli amatori. Quei tartufi lì non hanno prezzo, ti possono dare venti come trenta e anche quarantamila lire, dipende dai mercati, dalla disponibilità di liquido della gente. Tu cosa dici, che ce n'è del liquido in giro, che la gente ha voglia di spendere?».

«Io dico che se tutti sono come te, le lire non circolerebbero più. Ma cosa te ne fai, di tutti i bei biglietti che ti tieni in casa? È tua moglie che ti ha insegnato a fare le economie? E magari tu metti da parte e lei te li spende, anche tuo figlio Potu ho sentito che ha la mano allegra».

A Barbaresco salì molta gente, il corridoio della carrozza si riempì in fretta, gli uomini parlavano delle quotazioni dei nebbioli quasi maturi, dei vitelli di *fascione* belli grassi. Quando entrammo sotto la galleria, le pallide lampadine accese nel corridoio facevano fatica a mandare un po' di luce attraverso la fitta cortina di fumo dei sigari. Qualcuno riconobbe Teodoro e gli scherzò assieme con rapide battute.

Disse uno: «A te, ti si vede sempre, e sei ogni volta più in gamba. Ma dove vai a *rancarle* tutte 'ste trifole? Saranno cento anni che ti vedo sul treno di questa stagione, e hai sempre la stessa valigia e il medesimo odore addosso».

Teodoro guardava senza rispondere.

Disse un altro: «Ha ragione, ha ragione, mi sembra ieri, i primi anni dopo la guerra, ti ricordi? Andavamo a Alba sui carri bestiame perché i treni non portavano più le vetture da cristiani. Ce ne stavamo là sopra, seduti sulle panche e sembravamo quei poveri diavoli che li trascinavano in Germania, nei campi di concentramento. Tu sei preciso come allora, Teodoro, né più grasso né più magro, si vede che tua moglie ti tiene bene».

Teodoro rispose asciutto, rivolto verso di me, e si sentiva che quella popolarità non gli dispiaceva affatto: «Vedi? È tutta invidia, loro invecchiano perché hanno la grana e non c'è niente che faccia più male alla salute dei fastidi di denaro».

Ad Alba, il mio amico *trifulau* andò al mercato in piazza San Giovanni, ci ritrovammo nella trattoria di Ernesto Ruga, là vicino, in contrada di Tanaro alle dieci. La sala della trattoria era in penombra, c'era la luce accesa, non si capiva se parlavano più forte gli avventori o quelli che vendevano la mercanzia sui banchetti lungo la strada. Teodoro fece colazione con una bottiglia di barbera e un piatto di busecca rinforzato col pane.

«Vuoi che te ne conti una? – esclamò a un tratto fra una cucchiaiata e l'altra – vuoi proprio che te la dica? Possiamo metterci a giocare alla Sisal, tanto che ci attacchiamo a indovinare, noialtri. Ho in tasca novantamila, sembro un povero diavolo, eh?, ma non so quanti ce ne sono ad avere in tasca novantamila in questo momento. Me li porto tutti a casa, senza cambiare nemmeno un biglietto. Una volta, fino a qualche anno fa, ero più buonuomo, come avevo il portafoglio pesante mi lasciavo prendere la mano dal gioco, erano gli altri che me la prendevano, portavo a casa soltanto le briciole. Adesso ho aperto gli occhi, ho cambiato anche osteria, e se qualcuno mi tira il colpo gli rido sulla ghigna».

«Non sei tu solo a giocare – osservai – e a perdere. Vuoi un po' di nomi, di quelli che si sono fatti fuori anche l'ultimo vitellino della stalla?».

«Li conosco tutti – mi interruppe Teodoro – da *Preghimod* alle Rocche dei Sette Fratelli conosco tutti i *casciné*, chi gli va bene, chi le tira un po' lustre. Ma per me è diverso, ho paura che mi prendessero di mezzo e studiassero bene il modo di scucirmi persino le monete».

«Racconta come facevano» lo sollecitai.

L'uomo si mosse sulla sedia, bevve d'un fiato il bicchiere di vino che gli stava davanti, piantò sul tavolo i gomiti delle braccia grosse e robuste e volle premettere, come seguendo il filo di un pensiero che gli faceva piacere confidare: «Perché io di fatiche non me ne risparmio. Sai cosa vuol dire, alzarsi a mezzanotte, con i primi freddi, e girare fino a giorno tenendo dietro al cane? Nella mia vita io non ho fatto altro che andar per trifole. Dopo la seconda, e ci sono stato fino a undici anni, ho piantato lì la scuola; due o tre San Martini da *s'ciavensa*, sotto padrone, poi mi sono messo da solo, e sono arrivato fino a oggi senza dover niente a nessuno, grazie ai tartufi. Li conosco, i posti buoni, si può dire che non ci sia una vallata dove non sappia muovermi, sotto le *ru*, sotto i gelsi e le albere sono di casa e lì ho lasciato più buchi io di tutti i *tri-*

*fulau* di Calosso messi assieme. È un lavoro duro, sei sempre nell'umido, e prendi tanto di quel freddo che se non ti vengono i dolori puoi dirti fortunato. Si capisce, il guadagno c'è, ma bisogna considerare tutti i mesi in cui vivi con i soldi presi in autunno; un po' come i camerieri che fanno la stagione al mare, d'estate, durante i bagni. Poi, tirare su un cane dal naso fino, costa dei soldi, bisogna ammaestrarlo, e per due o tre mesi ti fa stare sulle spese e basta. Una volta sgrossato però, ti dà delle belle soddisfazioni, come oggi, che mi sono uscite le novantamila lire: guadagnate in una settimana, non c'è da lamentarsi, ti pare?».

«Allora è vero che sei ricco, lo dicono tutti».

«No, invece, sono un povero *matot*, un pover'uomo. Ma avrei potuto averne da parte fin che volevo, mi sono passati più soldi nelle mie mani che in quelle dei direttori delle banche. Solo che io non sono come i direttori delle banche, non sono buono a risparmiare, e ciò che non mi ha preso il vino, me l'ha fatto su il gioco. Tu volevi sapere come facevo a perdere, eh? Ascolta, voglio proprio raccontartelo».

Teodoro torchiò il tabacco nella cartina, accese la sigaretta e il suo faccione abbronzato sorrise.

«Prendiamo la volta degli occhiali. Avevo appena venduto bene le trifole, vado all'osteria, come faccio sempre, per scaldarmi un po' con la colazione. Dopo il primo litro di barbera gli altri clienti, seduti ai tavoli, sanno quanto ho in tasca, e allora incominciano a pagarmi da bere, mi *laudano*, mi lodano, con un mucchio di complimenti, dicono che si sta bene al caldo mentre fuori si gela, insistono che dopo una settimana di lavoro, un po' di svago viene a taglio della salute. Io sono d'accordo, e loro propongono di giocarci un litro a *ecarté*. Con le carte non sono mai stato un *prepu*, una cima, me la cavo, ecco, ma senza far stravedere, e quella volta invece li butto tutti là, cinque a nessuno, i miei avversari, e mi prendo la bottiglia.

Mettiamo in gioco il vermut, una pinta di vermut, vinco ancora. Bravo, mi dico, oggi sei fortunato, hai in tasca mille lire e puoi bilanciare una carta da cinquanta per scommettere. Continuo a vincere finché uno propone di mettere in palio cento lire in una *patela*, in una botta sola. Vuoi credere? Abbiamo fatto venire l'ora di pranzo, e poi di merenda, e non ci siamo mai mossi dal tavolo. Alla sera mi trovo io ad avere in tasca una sola carta da cento, e le altre sono finite nel portafoglio di quei *sola*, di quei briganti.

Mi offrono di rifarmi con le bocce, mi caricano su una Augusta e mi portano verso Santa Maria, in un cortile dove si poteva cominciare a cercare le grive, tanto faceva freddo. Era già quasi buio, ma loro insistono a mettermi le bocce in mano, mi *cissano* spronandomi a vincere a tutti i costi, fanno luce sul pallino con i fiammiferi perché possa vederlo. Di sicuro lo vedevano meglio loro, perché in cinque partite ai dodici, venti lire per partita, anche l'ultimo biglietto se ne esce dalla mia giacca, e mi trovo all'asciutto».

«Ma gli occhiali – domandai – cosa c'entrano gli occhiali che avevi tirato in ballo?».

«Lasciami prendere fiato – fece Teodoro – e ci arrivo. Gli occhiali me li avevano messi sul naso durante le sfide alle carte. Uno li cava dal saccoccino del gilè, me li porge, dice che con quelli ci avrei visto meglio.

Per la verità facevano un po' da ingrandimento, così li tengo e il mio avversario non ha che da alzare lo sguardo alle lenti per leggervi sopra, riflessi, i segni delle carte che ho in mano. Così fino alla fine, capito il *trigo*, la machiavellica?».

Teodoro ordinò una bottiglia, volle raccontare altri episodi, altre avventure. Finché venne l'ora del treno che ripassava da Calosso. E a me rimase il dubbio che, da buon langhetto, Teodoro avesse a bella posta convertito a proprio danno le astuzie di cui egli si era invece giovato.

# Tramonto del paraninfo

Strano modo di amare la natura in questa civiltà tecnologica. Un giovane di campagna vuol prendere moglie, cerca fra le ragazze di sua conoscenza, interroga cauto, compie timidi sondaggi. È un giovane sano e ben disposto, come si dice, possiede una bella cascina, macchine agricole e terra per camparci serenamente togliendosi il gusto di sperimentare nuove colture per un onesto incremento del reddito. Ma si sente dire, immancabilmente, dalle donne su cui ha posato gli occhi: «Potremmo anche combinarlo, questo matrimonio: però bisogna che tu venda i campi e le vigne, che metta insieme abbastanza per comprarci un appartamentino in città, che ti cerchi un lavoro in fabbrica. Ci penserò io a tenerti poi la casa in ordine, ma dev'essere casa cittadina, io mi sposo solo a patto di andarmene da questa borgata, sogno di notte l'uomo che mi porterà in contrade piene di vita, lontano da posti che mi sono venuti a noia».

Il più delle volte l'uomo si rassegna e dà l'addio ai solchi e ai filari, una famiglia val bene la rinuncia ad alcune comodità discendenti da una vita che piace; ma in certi casi resiste, non se la sente di affrontare un cambiamento brusco e definitivo capace di condizionarne poi i momenti di felicità, e si rivolge altrove, alle ragazze che non conosce e che forse la pensano ancora come lui. Così un gruppo di agricoltori piemontesi si è «consorziato» nel rendere pubblico il piccolo dramma di una situazione apparentemente irrisolvibile, e dal Meridione gli sono giunte centinaia di proposte matrimoniali, donne giovani e graziose dispostissime ad affrontare con serenità la vita dei campi, e il dio Imeneo propizierà le prossime nozze.

L'uomo che mi racconta questo episodio è sugli ottanta, ottant'anni portati bene, con schiena ancora diritta e mente lucida. Anche se maggio ha ormai vestito di foglie la quercia, egli continua a indossare i suoi tre corpetti di lana brunita, le scarpe alte di stringa lunga che gli fasciano prudentemente le caviglie e dalle quali non si separerà forse neppure in estate. Il collo, due binari di pelle grinzosa, è protetto da una sciarpa annodata con disinvolta civetteria, e sotto le sopracciglia a cespuglio gli occhi hanno perduto qualche grado dell'antico nitore, hanno visto molto e per questo sembrano un poco appannati nel mettere a fuoco le continue novità della nostra epoca intitolata alla fretta.

È un paraninfo, un mediatore di sponsali, un *bacialé* come lo definiscono sorridendo nelle Langhe: ma oggi non combina più nulla, gli manca la materia prima su cui intervenire, si è messo quindi in pensione e al più, qualche volta, se il buzzo è buono e la luna non è storta, percorre ad alta voce i sentieri della memoria per trarre dai ricordi qualche occasione di nuove speranze. Dice: «La nostra è stata sempre una categoria onorata, e la gente ci rispettava prima di tutto perché sapevamo vita e miracoli delle famiglie, ma anche un po' per il fatto che a chiunque poteva succedere di avere bisogno di noi, magari in forma discreta, visto che ci sono sempre stati quelli cui non piace mettere in piazza le proprie faccende. Erano tempi così diversi. Quando un giovanotto aveva fatto il soldato, lo aspettava subito il matrimonio. Tornava dal servizio di leva e si lasciava crescere i baffi, era un modo timido ma eloquente di spiegare ai genitori l'intenzione di accasarsi. Se allora nella borgata c'era un buon partito, si poteva essere sicuri che le nozze non sarebbero tardate; altrimenti, quando il dubbio tormentava il capofamiglia fino a fargli desiderare di saperne di più, si rivolgeva a noi perché conducessimo indagini, tastassimo il terreno in vista di un eventuale accordo».

«Un'attività quasi simile – osservo – la svolgono oggi gli investigatori privati».

Il paraninfo mi guarda come se avessi detto uno sproposito, forse l'ho detto. E ribatte: «Non so di che cosa si tratti, però lei mica deve avere le idee chiare sul nostro mestiere. Per orientarla un po' farò così, le racconterò uno dei tanti casi in cui sono stato protagonista, liberissimo alla fine di esprimere il suo giudizio».

Cava da un taschino del corpetto più esterno la pipa, comprime tabacco e cenere rimasta dalla fumata precedente, indugia ad accenderla come a raccogliere i pensieri, a scegliere l'esempio giusto donde appaia la nobiltà del mestiere. Attacca: «Prendiamo il caso della cascina Mezzasoma: il nonno, padre e madre e due figli; il maschio lo chiamerò Varisto, in fondo è proprio il suo nome. E venti giornate di terra buona oltre a una quantità imprecisata di gorreti. Un giorno il nonno mi manda a chiamare, dice che Varisto nell'inverno compie ventitré anni, che è ora di dargli moglie. Loro hanno messo l'attenzione su qualche ragazza da marito, ma non si sa mai, potrebbero esserci delle combinazioni migliori: avrei voglia, io, di interessarmene, ma con scrupolo, senza farne una questione di piazza, e di riferire in modo che si possa trattare? Rispondo di sì, che studierò il caso. Io so dove la famiglia di Varisto possiede fin l'ultimo trabucco di terreno, e quanto il ragazzo erediterà anche da uno zio scapolo: sa, sono cose di cui è bene tener conto. E mentre il nonno parla, mi frullano già i nomi di due o tre ereditiere che per certo cercano marito. Fossi matto a dirlo subito, ognuno deve vedere di vendere bene la propria merce. Così me ne torno a casa, lascio trascorrere qualche giorno e ripasso a Mezzasoma, dove mi accolgono con tutti gli onori. Mi stappano una bottiglia vecchia, il padre di Varisto arriva a offrirmi un toscano, e si capisce che hanno tutti una gran voglia di sapere».

Il paraninfo fa una pausa, soffia nella pipa come a migliorarne il tiraggio, la riaccende e continua a raccontare. «Dico: ci sarebbe Marisa, quella dello Scorrone, sono appena due sorelle con due cascine da spartire, una le tocca di sicuro». «E a contanti?» fa il nonno. Il nonno è uno che non ne ha mai abbastanza, sogna di diventare il più grosso possidente della borgata, per lui il matrimonio del nipote è un piccolo affare di Stato. Osservo che di contanti la famiglia di Marisa non fu mai a corto, che il gruzzolo lo si può concordare, conviene intanto fare il primo passo, incontrarsi tra genitori e discutere, fino all'accordo da stipulare con i miei buoni uffici. E assicuro che il matrimonio si farà. Poi scendiamo ai particolari della mia percentuale. «Per voi c'è un paltò nuovo fiammante, da mettere su per l'Immacolata» assicura il padre di Varisto, al che io obietto che il paltò andava bene una volta, mentre adesso, per mediazioni di questo genere, ci vuole anche un po' di moneta. Ci accordiamo, mi versano un anticipo, lei capisce, dobbiamo tutti campare, e per la prossima festa io combino l'incontro in casa di Marisa. Qui non vedono l'ora di dar la figlia a marito, ci sentono un po' meno dalla parte dell'interesse, sostengono che io devo aver esagerato nell'esporre la loro situazione, l'anno scorso ad esempio, insistono, la grandine ha dimezzato i raccolti. Ma il nonno di Varisto, appena uno dei cascinali viene accordato in dote, non si arrende, spiega che ci vuole ancora un trattore, di quelli robusti, e se proprio deve cedere si accontenta d'un paio di buoi. Così i buoi diventano uno, io faccio in fretta a stabilire la mia nuova percentuale e l'affare è fatto. Nel giro di due mesi pubblicazioni e matrimonio. Ecco – conclude il paraninfo – questa è la storia di un matrimonio combinato all'antica maniera, quando la nostra categoria poteva vantare benemerenze e larghissimo credito».

«E adesso?», domando. Il vecchio scuote il capo, un po' per commiserarsi, un po' perché la pipa non vuol saperne di tirare a dovere e finisce con il riporla nel taschino del corpetto. «Cosa vuole, adesso ci manca poco che i ragazzini ci prendano in giro. Siamo dei sorpassati, siamo diventati così rari che la gente quasi ci segna a dito, e i padri raccontano ai figli, indicandoci da lontano, le storie più inverosimili sul nostro conto. Perché la gente, quando sta bene – e oggi chi vuole in campagna se la passa da notaio – fa in fretta a dimenticare il passato, le stagioni grame, la malasorte di un'epoca in cui tutto sembrava difficile e forse lo era, difficile persino il coraggio, pensi un po', di formulare una richiesta di matrimonio. E poi se ne sono andati via tutti, una volta si faceva in fretta a tenere il conto delle proprietà, ora non trascorre San Martino senza che le terre e i poderi passino di mano, da una famiglia all'altra, e sono famiglie dove ci vuole fortuna a trovare giovani in età da marito. Così qualche volta, io mi arrampico su per queste borgate, so di trovare gli ultimi amici di un tempo che sembra lontanissimo, e passando in mezzo ai filari posso dire, ed è soddisfazione grande: 'Questo l'ho fatto sposare io, a quello gli ho dato la più bella ragazza del paese'. Ed è come se contemplassi la mia giovinezza, gli anni miei belli ormai sfioriti».

# Gioventù oggi

Quindici anni addietro un mio stimato collega di un quotidiano torinese condusse un'inchiesta tra i diciotto-ventenni di allora, e la intitolò «Rapporto sui giovani». Se fosse pubblicata oggi, non correrebbe affatto rischi di inattualità: perché, al di fuori dei diversi fronzoli con cui s'adornano le istanze, l'ispirazione di fondo non è mutata granché e le aspirazioni continuano ad essere espresse nel nome di ideali né peregrini né nuovi.

Più indietro ancora, nel tempo. Nel 1948 una alluvione provocò gravi danni nel paese dove trascorrevo l'adolescenza. La Tinella, straripando, aveva portato acqua e fango fino a metà scaffali nei negozi, fino all'orlo dei buffet nei piani terreni degli alloggi. La gente piangeva e noi, i ragazzi del paese, fummo tra i primi a sgomberare le altrui case dei detriti lasciativi in abbondanza dall'acqua che si ritirava.

Nel '52 lo stesso torrentello, che evidentemente non aveva messo giudizio ma si era anzi imbaldanzito per la precedente prova di forza, riversò con maggior vigore onde limacciose, rendendo così vane le difese apprestatevi sulle rive.

E altri ragazzi non indugiarono a offrire, con naturale disinteresse, la loro opera soccorritrice.

Ottobre 1970. A Genova sono sempre gli studenti, i giovani operai ad accorrere spontanei nei luoghi dei disastri, a lavorare di pala, di piccone, di scopa, con un entusiasmo spiegabile soltanto se non si dimentica che l'amore verso il prossimo è prerogativa dei puri, dei senza malizia, di chi a certe brutture contingenti e forse consolidate non si arrende; e che il profondo desiderio di mettere a frutto i princìpi ideali cui si è data piena fiducia, nasce spesso dal contrasto con la realtà quotidiana, per tante parti da contestare considerando la sua scarsa rispondenza ai modelli appunto idealistici che la stessa ragione suggerisce quando non è ancora scesa al compromesso.

Parlo della massa dei giovani, si capisce, non delle eccezioni che strumentalizzano gli entusiasmi e il sentire genuino, ponendoli al servizio di cause a volte oscure per coloro medesimi che le propugnano; e prescindo da certe frange dove il compito e la nobiltà del porre in discussione quanto non è affatto stabilito entro canoni immutabili, si riassume in espedienti estetici, riconducendosi per intero a fogge esteriori arditamente controcorrente.

Perché stupirsi che i giovani siano per la giustizia, per il progresso, per l'elevazione continua dello *status* umano, quando noi tutti, nelle nostre verdi stagioni abbiamo chiesto le stesse cose? Non ci dispiaceva quel senso di eroico, di spregiudicato, di rivoluzionario che accompagnava le nostre istanze, più o meno espresse a seconda del clima di effettiva libertà entro il quale venivano prospettate.

Siamo a volte, quindi, ingiusti con i nostri ricordi, con il passato che ci vide protagonisti di una contestazione su misura per l'epoca in cui vivevamo. Siamo, ancora, come l'artista che, costretto ad abbandonare la città natia per una lunga tournée nel mondo, vi ritorna e se la trova cambiata, trasformata: dimenticando di essere egli stesso diverso, perché i mutamenti oggettivi hanno inciso assai poco in chi è rimasto, avendoli assorbiti gradualmente, tanto da catalogarli confusi nel calendario dell'esistenza trascorsa.

Osserviamo, preoccupati, come i giovani siano ansiosi di ottenere. In ogni tempo l'ambizione ha seminato assai più vittime nelle generazioni nuove: gli altri, crescendo negli anni, sono sovente maturati al sole amaro delle disillusioni, piegandosi ad accettare quanto poteva offrire il giro d'orizzonte sempre più stretto. In questo senso sì, la vita è dovere ancor oggi, lo si domandi a chi ha famiglia e intende assicurarle un avvenire non peggiore del proprio, come è nella natura delle cose. Si può discutere, questo sì fin che si vuole, su alcuni aspetti delle mire giovanili, sull'abbaglio che il denaro esercita – solo nelle menti inesperte? – sul prezzo che si intende pagare alla gloriuzza di una rapida carriera in funzione sempre, appunto, del denaro, e perciò stesso carriera il cui metro di scelta è il guadagno alto in termini di banconote piuttosto che nella manifestazione di doti, di virtù, di predisposizioni ragionevolmente verificate.

E poi, ammettiamolo, il gran parlare che si fa dei giovani, non nasconde forse il mezzo per inseguire noi il miraggio di una giovinezza continua? Cent'anni fa il quarantenne era anziano: oggi è un giovane uomo, e un sessantenne è un relativamente giovane signore. Se un individuo alle soglie del secolo finisce travolto da un'auto, e il giornale registra il fatto attribuendo al protagonista la qualifica di «vecchio», subito pie donne e valent'uomini scrivono al giornale ammonendolo a non usare la parola vecchio "che stona". Vecchio, semmai, sarà... ma è poi proprio disonorevole essere vecchi?

È una dimensione nuova che la giovinezza ha assunto nel mondo: e che questa s'abbia a intendere non nel limite ristretto dei vent'anni, lo dimostra la pubblicità commerciale che accompagna le nostre giornate attraverso i vari mezzi di comunicazione di quest'epoca contraddittoria. Starebbero freschi, i fabbricanti di dadi e di dentifrici, se assicurando che questi e quelli danno denti e minestre giovani, intendessero rivolgersi solo a quella parte di pubblico che rientra a pieno diritto nella pur delimitata categoria. Con il termine usato si vuole esprimere un augurio, un complimento, si cerca lo stimolo di riposte rivincite su qualunque età, si spronano i più segreti aneliti della gioia di vivere che in ogni stagione è garantita nella misura in cui si vuole – o si può – possedere la particolare giovinezza delle varie stagioni, appunto. Non insulterebbe nemmeno la buona prosa, chi parlasse di un autunno giovane, di un giovane inverno: figuriamoci nell'ipotesi assai più semplice di un'efficace propaganda a prodotti di largo consumo.

Né io mi stupirei troppo del fatto, verissimo, che sia oggi piuttosto difficile trovare un lavoro a quaranta-cinquant'anni, o cambiarlo a tale età. La particolare struttura della moderna economia industriale, crea posti e impieghi più numerosi di un tempo, ma ad essi – giustamente – aspirano e mirano in proporzione assai maggiore pretendenti che proprio un tempo trovavano soddisfazione magra, pur se non del tutto asciutta, nel contesto di una società prevalentemente agricola.

Del resto a cinquant'anni, quindi entro i confini tuttavia della quasi giovinezza, c'è chi se ne va in pensione, a riposo come si dice con un brutto termine che non esprime affatto la realtà effettiva: costoro, bisogna ammetterlo, sono in fondo i più eloquenti e coraggiosi alfieri dello scherzoso postulato per il quale la felicità umana si configurerebbe nel lasciare il lavoro alla vecchiaia, godendosi in anticipo i frutti di un'attività ancora da svolgere. Nel caso specifico il postulato ha subìto tanti di quegli emendamenti da snaturarlo – lo voglio precisare perché sia chiaro il carattere paradossale del ragionamento – però la parvenza di applicazione dimostra i profondi capovolgimenti che sono intervenuti nel nostro modo di vivere, nei concetti stessi ritenuti e rimasti immutabili per secoli. Ma non divaghiamo rispetto all'assunto. Si diceva dei giovani e del modo di considerarli.

Ma quale modo? Il solo modo lecito nei rapporti tra uomini egualmente preoccupati dei propri destini. Se penso che sino a un anno o due fa – oggi il vocabolo è, meno male, in castigo – andava di moda parlare di scontri fra generazioni, e proprio nel senso presupponente un'accidiosa incomunicabilità, vien da credere che si volesse a tutti i costi complicare le cose. A vent'anni si deve essere, si è, uomini, come uomini si è ancora a ottanta. E tra uomini, solo così, va condotto ogni discorso, va affrontata qualsiasi divergenza su cui ci si crogioli ad attestarsi. Senza dimenticare, da una parte, di essere stati giovani, e dall'altra che il trascorrere degli anni porterà inevitabilmente – oh, quanto nolenti – a una meccanicamente diversa angolazione donde focalizzare progetti e programmi.

Semmai, se una riflessione è da concedersi, meditata, serena e direi assai poco entusiastica, essa riguarda le condizioni in cui si trovano molti giovani spiriti in quella parte dell'età che si ispira ad autunni tuttora assolati. I più traumatizzati mi sembrano davvero costoro; fieri da non mostrar delusione, ma stanchi, forse, per il gran masticare l'amarezza di una solitudine, di un abbandono immeritati.

Perciò, se un rapporto oggi avesse a farsi, questo dovrebbe riguardare non la contrapposizione fra giovani e vecchi, ma la loro non troppo dissimile, per certi versi, condizione, ai lati estremi di una vita e di una società che sembra averli dimenticati dopo avergli dato la ricetta per godere buona salute nel fisico, nulla per alimentare i valori che si chiamano anche sentimento, affetto, riconoscenza: tutti di pratica difficile se manca la fiducia nel domani.

# Elogio del cane Tabùi

Per i cani non è come per gli uomini, spesso condizionati specie in epoche ormai lontane dall'imperfezione delle origini. Anzi, più i cani hanno incerta genealogia, maggiori risultano le loro possibilità di affermarsi, se hanno la ventura d'imbattersi in un cercatore di tartufi e di venire al mondo in aree dove i tartufi li si trova. Siccome, poi, non esiste ormai regione italiana che non si sia scoperta predestinata a produrre questi profumati e preziosi funghi tuberacei, grigi o neri non importa, ecco che maggiore è la commistione delle razze canine, più aumentano i pregi in chi può vantarne ampia sintesi.

Insomma, la qualità di bastardo si illumina di luce nuova, almeno fra i cani, e se uno volesse filosofeggiare anche più in là, complice magari un onesto bicchiere di barbera, potrebbe trarne buoni auspici pure per la razza umana, considerando dove ci portano i tempi e il concetto di sovrannazionalità che, a prima stima, è prossimo a imporsi. Perché, mischiando, si guadagna, si ottengono vantaggi, si esaltano doti: dev'essere per questo che appunto gli esperti enologi costruiscono vini sempre più perfetti ricorrendo a tagli di varia accentuazione. Tanto di nebbiolo con un'aggiunta di bonarda e magari una minima percentuale di moscato di Pantelleria; tracce di cortese in un corpo di pinot o viceversa, correggendo il tutto magari con un precoce chardonnay.

Certo, per il genere umano non è altrettanto facile, tocca alla natura, alla contingenza della sorte, assiemare quasi a caso: ma le grandi invenzioni, le scoperte delle quali ci gioviamo ogni giorno non sono generalmente frutto del caso?

Resta il fatto che i cani da pagliaio, nei quali è dato di trovare fuso insieme un po' del volpino, dello spinone, del segugio, del setter, del pastore bergamasco, del cocker, del fox-terrier e ancora e ancora, questi cani sono fra i più robusti, i più intelligenti, i più affezionati e grati a chi se li tiene al fianco.

Tabùi si chiamano, dal nome d'un loro antenato distintosi in meritorie imprese, al modo che si tramandano il nome di Perpetua le assistenti domiciliari dei parroci, meglio se campagnoli. Tabùi vuole dire tutto: devozione e amicizia, compagnia e accomodamento, servizio e disinteresse, capacità di affrontare le situazioni difficili per sé, districando quelle del padrone. E su quest'ultimo termine sindacalmente revulsivo, i Tabùi, che si sappia, finora non hanno contestato, pur se delle rivolte ne avrebbero avute, da fare, contro pedate e bastonate che un tempo gli toccava subire. Se poi, talora, questi metodi permangono, beh, bisogna dire che c'è sempre qualcuno in ritardo sulla Storia, sulla stessa civiltà.

I Tabùi girovagavano, una volta, nelle aie, attorno alle aie, sciolti, più di frequente in catena. Avevano funzione di guardiani. Abitavano in casotti con il pavimento di paglia e con il solaio di legno in alcuni casi protetto da una lamiera contro le infiltrazioni della pioggia, della neve al suo sciogliersi. Mangiavano pane e acqua. Accadeva che le matriarche, in uno slancio di liberalità coincidente con la promozione di un triduo o di una novena a Santa Libera, gli elargissero zuppe un po' più condite.

E poteva giungergli anche una zampa di gallina, persino un cosciotto rosicchiato, nella festa del patrono, quando in cascina si aggrumava la patriarcalità di più famiglie consanguinee e il decano si lasciava andare. Teh. Dieci lire a ciascuno dei nipotini. Cento lire ai figli più grandi. Il permesso alle nuore di comprarsi una lista di percalle per la veste nuova. Infine: «Fa' festa anche tu» diceva il capo di casa, tirando un tocco di lesso a Tabùi, quel giorno libero straordinariamente d'aggirarsi in cucina.

Voi capite che un cane così diventava temprato contro ogni accidente, si attirava duemila anticorpi, smagriva senza abdicare alla lotta e infatti come mostrava i denti lui, al forestiero avventuratosi nella corte campagnina, non c'era nessuno. E nessuno abbaiava al suo pari, di giorno o di notte: ma di notte doveva essere accorto a latrare giusto, a non farsi ingannare dalla luna, sennò per punizione, l'indomani, gli avrebbero scorciato la catena.

Ebbene, i Tabùi sono adesso pienamente rivalutati, a riprova che non bisogna mai disperare e anche la legge del contrappasso funziona, a meno d'essere proprio iellati. Nessuno meglio di Tabùi è predisposto ad annusare e a rinvenire i tartufi che, come forse è noto, nascono un palmo sottoterra. Il loro odorato è sviluppatissimo, la sintonia con l'uomo che li guida e li incita è perfetta. A questo va aggiunto un particolare nient'affatto secondario, il prezzo da sceicchi dei tartufi, che oscilla secondo la pezzatura, le caratteristiche genetiche, la stagione, il luogo del rinvenimento. Il «tuber magnatum pico», quello grigio-bianco, ha per aree elettive il Piemonte, specie l'Albese e l'Astigiano, quindi le Marche, l'Umbria, la Toscana, il Molise, con ramificazioni che vanno dilatandosi nella penisola anche in rapporto ai buoni affari che esso consente.

Ci sono dei cercatori di tartufi, nonostante questa meraviglia vagamente afrodisiaca e pienamente saporita si stia rarefacendo, capaci di scovarne, in una stagione, decine di chili, e i conti sono presto fatti, specie considerando il ruolo integrativo del particolare reddito rispetto al bilancio familiare: tanto è vero che l'andar per tartufi fu per decenni un hobby, un piacere, un diversivo costruito sul folclore e sulla tradizione.

Ma oggi, sostanzialmente, il mercato del tartufo è industria, che serve le richieste italiane e pur quelle, più vantaggiose, provenienti da tutta Europa, dagli Stati Uniti, dal Giappone.

Perciò, ancora, un Tabùi intelligente qual esso è per natura vale dei bei soldi. Se poi Tabùi ha frequentato l'Università, nel senso che con rigidissima dieta ha imparato a proprie spese a intuire le aromatiche germogliature prima della concorrenza, ebbene, in questo caso Tabùi vale un patrimonio, più della quotazione d'un suo fratello di rigore anagrafico e d'assoluta rarità, il quale ultimo di anno in anno, non fa che vegetare, abbaiare, uggiolare sia pure in fitto dialogo con il padrone, mentre Tubùi, produce ogni anno, male che vada, tante volte il proprio prezzo d'origine. E che si sappia non esiste un bene di tal natura, ad eccezione forse di chi canta e di chi gioca al calcio e di chi va per tangenti o per pizzi.

Il cane da tartufo è inoltre di miti pretese, di bocca buona. Detesta le abbuffate, non gli piace poltrire: aduso com'è ad alzarsi in piena notte da settembre a dicembre, e procedere al passo del suo accompagnatore che si muove illuminandosi la strada e schermandosi alla vista altrui con il lanternino o con la pila, dorme con un occhio solo, vigila più assiduo d'un vigilante, ricompensa l'elargizione d'una crosta di formaggio con un silenzioso, ininterrotto scodinzolio e se non stai attento ti si arrampica al collo: timido perché sa che tu lo scosti, consapevole che per ora, almeno, e chissà perché e fino a quando, deve tenere le distanze nei confronti del genere umano.

È talmente costumato ad annusare e a scavare, Tabùi, da far le veci del gatto nella lotta ai topi, e più del gatto sa mettere in fuga eventuali rettili o roditori di vario genere che osino avvicinarsi al podere.

Insomma, lo avrete capito: io un bellissimo Tabùi, pur senza andare per tartufi, ce l'ho e me lo tengo stretto.

# Dalle tue parti

«Dalle tue parti» non è mai una città; una città è un nome ben definito, un palazzo nobile di antica costruzione, un'industria ad alto livello, una cattedrale con le insegne di lontana prelatura; magari una città è la squadra di calcio che ne porta il vessillo sportivo. «Dalle tue parti» è invece un paese, una collina dal nome che solo i vecchi del posto ricordano, un albero piantato da mani che non stringono più nulla da un pezzo, una strada tra il verde dove l'asfalto non è riuscito a cancellare il buon odore di romito, di polvere bianca, di tufo scoperto e costellato di buchi nei quali impigrisce la talpa e si assilla lo scoiattolo; forse, più di tutto, «dalle tue parti» è la gente, gente che conosci, come di famiglia, che incontri appena ti viene di passeggiare attraverso vie domestiche mai chiuse completamente dal cemento, anzi generose nel lasciare scorgere ampi orizzonti. Sanno di te e sai di loro, la storia di generazioni è un gran libro aperto, letto a sprazzi nelle soste al caffè o al chiuso di pareti quando viene a farti visita il vicino.

Ci sono nel libro, come è per le opere somme di gran riguardo, passi controversi, donde l'arte di interpretare nasce e si plasma sul ricordo di consonanze oppure sul metro di incostanti rivalità: per quel pizzico di sapore che il protagonismo sfrutta senza possedere meriti intrinseci di alcun pregio. «Dalle tue parti» è, ancora, un amico, che riscopri e con il quale ti accorgi di avere comunanza di idee, similitudini filosofiche sullo scorrere della vita e sull'introvabile miglior mezzo per viverla bene.

Te la porti dentro, e te la porti dietro, ovunque i tuoi passi si spingano, codesta definizione di un mondo circoscritto che ognuno considera come una casa per pochi privilegiati: tante case, forse, quanti sono i paesi che in pianura o sui bricchi tentano di resistere all'incalzante ritmo di un inurbamento lento e continuo. Ed è l'estate, di solito nella sua appendice settembrina, a farti reincontrare con le tue parti; ed è l'inizio dell'autunno a rimandarti – in contrasto con le nebbie, la caligine, l'umidità che macchia l'asfalto – a quell'esperienza di poco prima, a fartela rivivere con la suggestione del distacco fresco: come un sogno di primo mattino.

Perché può succedere che, per alcuni anni, le tue parti non ti dicano nulla: preso come sei da una routine sorda a tutto quanto non sia l'utilità economica di prima mano, il lavoro che ti chiede forse molto di più di quanto ti dia, le iniziative che coltivi e che, maturando, ti appaiono meno dolci e abbondanti dei fiori su cui avevi fatto previsione facile di raccolto. Così ti succede che un giorno le tue parti vengano a te, profittando di te che sei andato a loro: e vengono come se un gran sole gli battesse sopra, fino a fartene scorgere gli angoli dimenticati, ripulendole insieme delle novità che il tempo vi ha costruito, perché ritrovando quel paese intatto, quell'albero solido, quella strada di ombra, tu possa ritrovarti come quando te ne andasti, come in uno specchio che abbia conservato per magia una certa immagine così diversa da quella adesso riflessa.

«Dalle tue parti», per me sono le Langhe, e Neive in particolare. Neive non lo direi un borgo: mi sembrerebbe, al di là dell'etimologia, di sminuirne la ridente bellezza, di appannarne il verde delle colline dove le viti non finiranno mai di produrre uve classiche per vini sultaneschi: Barbaresco, Dolcetto, Barbera, Moscato. Lo definisco semplicemente paese, che è il nome più schietto e più giusto per una fascia crescente di costruzioni al piano che si allarga come i petali di una corolla a cingere l'antico agglomerato immutabilmente gaio su un bricco.

C'è sempre stata un po' di rivalità – nel caso specifico – fra bocciolo e corolla, quasi una ininterrotta ricerca di dialogo fra generazioni condotta senza acredine, e comprensibilissima se si pone mente ai diversi problemi di chi si sente in fase espansiva e di chi lotta per mantenere lustro e privilegio di aristocratico e onesto capoluogo. Sono questioni che di lontano fanno sorridere, eppure bisogna viverci ogni giorno per coglierne la non vanità, il senso tutto vitale emergente da codesta simpatica e mai sopita schermaglia.

A metà strada fra il colle e il piano, dove un crocevia ha suggerito il nome di Rondò, c'è un peso pubblico proprio davanti a un casotto spartitraffico, e su una parete del casotto, un tempo, c'era una scritta che condensava le caratteristiche dell'intero paese. Fra le altre informazioni vi si leggeva quella relativa alla consistenza demografica, espressa in 4.002 unità: quel «2» pareva umoristico, a riflettere sulla malinconica contingenza dell'andirivieni umano, e simboleggiava invece il traguardo massimo di una serena comunità di vita. Oggi gli abitanti sono diminuiti di un migliaio, tanta emorragia si è riflessa tutta sulla campagna, sulle decine di grosse borgate dove, a coltivare la terra, è rimasto solo chi non tollera clima diverso da quello natio.

A ben guardare, costoro sono i più forti; forti al punto da costituire una sorta di richiamo, di faro a chi, dopo una parentesi di lavoro in città, vorrebbe tornare al podere con nuove e valide esperienze capaci di trasformare metodi e mezzi conduttivi. E sono anche, metterei le mani nel fuoco, i più felici: perché gli si fa credito meritatissimo di essere testimoni sereni di ogni evento, grande o meno, che riguardi il paese. E se appunto la vita è anche conoscenza diretta, approfondita, di quanto è compreso nell'orizzonte di un'esistenza pregiata, conoscono molto di più essi di chi, per avere ampliato gli spazi di ostentate scoperte, sbocconcella parti di sapere ignorando o trascurando i piccoli assestamenti delle proprie radici.

Se il mondo non avesse un indirizzo di così esasperato tecnicismo – questo discorso, s'intende, non è per gli economisti né per i ricercatori della felicità consumistica – bisognerebbe fare in modo che chi, per qualsiasi ragione, ha lasciato le proprie parti, ci potesse tornare ogni anno, e non per pochi giorni. Scoprirebbe così, con la calma necessaria al riflettere, che i capelli grigi dell'antico compagno di scuola hanno il medesimo colore dei suoi capelli; che ogni ruga aggiunta al volto del coetaneo ha corrispondenza nella sua faccia; che alle mani callose si accompagna di solito un fisico saldo, mentre le mani levigate nascondono spesso il tormento di un sistema nervoso logoro anzitempo. Potrebbe scaturirne un ripensamento sulla convenienza di un ritmo di vita ossessivo trasformato in abitudine, al punto da dimenticare come qualsiasi organismo umano abbia dei limiti che non conviene cimentare di frequente.

Questo mi suggeriva, in una sosta estiva proprio dalle mie parti, un torneo calcistico notturno svolto fra una quindicina di squadre, tutte del paese. Credo fosse la prima volta che là si tentasse qualcosa del genere. Come gli organizzatori siano riusciti a scovare e a impegnare per trenta sere consecutive tanta gioventù, è quasi un mistero: e siccome ogni squadra portava il nome di un rione, di un quartiere, di una borgata, allora, mi son detto, è proprio vero che in campagna sono rimasti soltanto i vecchi? Evidentemente dalle mie parti ci sono, eccome, i ragazzi, in attesa di essere interessati a quanto l'età li può avere protagonisti efficienti. Giovani che apprezzano lo sport come un modo semplice e facile per conoscersi meglio attraverso i sogni inseguiti sul terreno di uno sferisterio per il pallone elastico, trasformato in efficientissimo stadio.

Ma soprattutto era il concorso di gente, di spettatori paganti, era la cornice di pubblico folto ai lati del campo, festante sotto la gran luce dei riflettori, a farmi meditare sul significato delle «tue parti». Un terzo dell'intera popolazione del paese, cioè quattrocentomila persone per una città come Napoli, tutte le sere dopo cena all'appuntamento con la lunghissima sfida che aveva il sapore di un remoto palio dal richiamo perenne.

Guardando tra gli spettatori, coglievi ogni volta quei visi, quelle rughe, quei capelli già grigi; e occhi d'incanto, occhi beati, sereni, giulivi. La notte si presagiva splendida, e mentre al microfono i miei amici Berto e Cesare annunciavano le formazioni delle squadre, veniva dal rio Tinella e dalla sua breve vallata una brezza consolante, sollecita a sciogliere torpore e favella. Fra il pubblico si parlava di raccolti, di resa del grano, di previsioni vendemmiali, interrompendosi il discorso appena in campo scaturiva un'azione di rilievo, per fare posto agli osanna.

Fino a quando la luna piena d'agosto durò in cielo, gli innamorati disertarono lo stadio, per ritornarvi verso l'ultimo quarto che tardava troppo a salire. Nelle case dormivano solo le nonne con i nipotini, passava l'ultimo treno della giornata, i muri erano pieni di manifesti che annunciavano sagre e fiere ovunque sorgesse un pugno di case.

Pensavo al frastuono, alla ressa, agli affanni di mille posti magari alla moda. Erano, evidentemente, le «parti» di qualcun altro, di mille altri. Pensavo che dalle mie parti, all'inizio d'ottobre, i bambini tornano a scuola come dovunque. Mi pareva di vederli, con la cartella a tracolla, ancora. Come dovunque.

Eppure là, dalle mie parti, mi sembra che i pennini inchiostrati, incerti sulla carta rigata di orecchiuti quaderni, mantengano lo scricchiolio degli inizi, delle origini; che le maestre siano tutte dolci e belle; che i banchi di scuola restino gli stessi di un tempo, almeno uno, quello dove col temperino avevo scritto il mio nome saranno quasi trent'anni.

# Vivere a Roma

Bisognerebbe non avere radici da nessuna parte, così che ogni trapianto non faccia soffrire: che poi, se per avventura il trapianto è uno, definitivo, allora la crisi può essere più grave, profonda. Come un geranio cui secchino molte foglie e ingiallisca nel tralcio già verde, tenendo in trepidazione il floricoltore di tenerissimo animo: invece l'uomo, non sempre ha qualcuno vicino capace, non fosse che attraverso il silenzio, di non farlo sentire troppo solo, abbandonato alle sue esclusive risorse poste a dura prova da sistematici saccheggi. Molto meglio quelle pianticelle quasi anonime, la verdura come i semplici le definiscono, che appena crescono le mozzi alla giuntura intermedia, mettendo il tralcio nella terra senza formalità, quasi di fretta: e con la certezza di un attecchimento rapido, efficace, rigoglioso.

Ma le radici, che terribile remora, ostacolo, diaframma, le radici in un uomo. Non sai mai fino a che punto le hai rispettate nel disseppellirle, in quale maniera reagiranno nella nuova sede ove le collochi: e far bene attenzione che nel viaggio fra due diversissime dimore non prendano troppo sole col rischio di seccarsi, né troppa pioggia in grado di marcirle. E poi, bisogna ammetterlo, non si è mai sicuri del loro definitivo connaturarsi con la terra, con l'humus, con la crosta di suolo che adesso le serra dando all'albero sbalzato in fuori, in alto, aspetto di buona salute.

C'è albero e albero, appunto: e c'è persona e persona. Io ne conosco di gente, che pone la propria ambizione nel vivere a Roma: prima ancora di conoscerla bene, questa città che ogni aggettivazione manieristica le farebbe torto e danno, prima di avervi soggiornato un poco, giusto per giudicare con una base minima di esperienza. No, per costoro il solo diventare cittadini romani, è quasi punto di arrivo, traguardo, è il sogno che si proietta nella realtà da lungo inseguita. Ci sono altri, naturalmente, che a Roma giungono per lavoro, perché il dipanarsi di un incoerente destino ha posto per essi, nella Capitale, una tappa o magari una meta, chissà. Questi sanno di non aver tempo per i rimpianti, sradicano il loro passato e lo inseriscono armoniosamente lungo una delle sponde teverine. Fortunatissimi. Il giro nel quale vengono subito presi, il lavoro, altre preoccupazioni contingenti, impediscono alle radici di soffrire scompensi, squilibrii: spesso anzi, le incombenze accennate funzionano da pregiato fertilizzante di un'esteriorità ragguardevole che suscita rispetto e perciò foriera di benemerenze: si sa, è sempre sul bagnato che piove.

Invece io ho un amico, molto caro da lontanissima data, il quale si discosta nettamente da codesti modelli. Se ne è arrivato a Roma con le migliori intenzioni di questo mondo, per trascorrervi una ragionevole fetta di vita, dedicandosi a un'attività di prestigio e quindi, verosimilmente, di soddisfazione. Ma ho il dubbio che, nella fretta, egli non si sia preoccupato di scavare a fondo il terreno avito e di liberarlo anche del più minuscolo filamento vettore comunque di linfa al tronco e ai rami dell'albero umano. Così un certo giorno, mentre procedeva in macchina nel traffico attorno a Piazza San Silvestro, a una velocità sui quattro chilometri l'ora, con tutto il tempo e il modo, quindi, per sbrigliare la mente in ogni dove, eccolo sentirsi prigioniero di sentimenti nuovissimi, mai provati, insospettati; eccolo con l'esatta impressione di essere calato di colpo entro un abito non della sua taglia e di portarselo addosso con il disagio delle cose non proprie.

È venuto di fretta a raccontarmi quanto gli era successo, a domandarmi consiglio. «Perché – spiegò quasi per scusarsi – io mi sento dentro come una gran mano che mi attanaglia e mi fa male; e a tratti mi mozza il respiro, e mi fa battere più veloce il cuore. Mi immagino che le strade non debbano più finire di essere strade chiuse da altissimi palazzi, che il cielo scoperto non sia raggiungibile per quanto lo si rincorra, che la grande pace, gli alti silenzi, i minimi rumori di una natura non violentata dall'uomo possano considerarsi perduti per sempre».

Cosa dire a un amico che ti parla così? Bisognerebbe avere la forza di essere leali fino in fondo, e suggerirgli, confermando quanto già egli conosce: «Prendi il primo treno per una destinazione qualsiasi, lasciati alle spalle ogni cruccio, riavvicinati al mondo donde sei venuto e che ti manca come l'ossigeno durante un attacco d'asma».

Ma può un uomo rinunciare subito ai suoi progetti, rinviare forse per sempre l'attuazione di piccole vanità cui ha atteso per anni cercando di darvi una direzione, una figura precisa? Una simile fuga, non ha poi il carattere della resa incondizionata? È un'antitesi buffa, è un contrasto drammatico. Da un lato affermiamo che la vita è lotta fatta di infinite battaglie vinte o perdute ma proprio per ciò combattute sino in fondo; dall'altro lato ignoriamo a che punto ci nuoccia l'ostinazione a emergere o anche soltanto a rimanere a galla nel senso del peggior pregiudizio. Ed è proprio in questa angosciosa incertezza – se cioè e fino a qual punto valga la pena di giocare l'intera partita – una misura, mi pare, della nostra imperfezione, l'origine di tante paure, l'alto e basso di sentimenti e di emozioni condizionati dal ritmo delle singole giornate.

Bisognerebbe allora spiegare all'amico che anche a Roma, nelle metropoli in genere, si possono trovare cieli tersi e vie non troppo carceriere: solo che il cercarle implica gran fatica, e sforzi di volontà così duri da presupporre nervi d'acciaio oltre che determinazione e fede incrollabili. Perché qui tutto è più difficile, i rapporti con i propri simili, le conoscenze e il modo di coltivarle, la considerazione del prossimo, gli stessi affetti. Anche la solitudine conosce aspetti più laceranti, più bui: l'automobilista bloccato dal traffico e costretto a sostare accanto alla tua vettura, che ti dice una battuta ironica o irata, che ti fa un verso qualunque, cerca soprattutto in questo modo di non sentirsi solo nel mare di uomini-macchine che si stende a perdita d'occhio.

Nei centri più piccoli, il compagno di viaggio e d'avventura non ti rivolgerebbe né la parola né lo sguardo: non ne sente il bisogno, conosce tutti i distributori di benzina della città, entrando in quel portone incontrerebbe un amico e un altro nel portone appresso, e gente con la quale è in vari rapporti di dimestichezza, a mano a mano lungo la via: un'inutile licenza il conversare con uno sconosciuto.

Ma è altresì vero che milioni, centinaia di milioni di uomini vivono nel mondo a fianco a fianco senza conoscersi, e il numero aumenterà di pari passo con le nevrastenie: quest'ultimo è rischio grosso, per qualcuno scontato, perciò occorre verificare le capacità estreme di adattamento dell'organismo e dell'animo umani.

Allora, quale mai consiglio dare al mio amico di sempre? Non v'è dubbio, è tutta questione di radici divelte scientemente con poca accortezza, affinché le parti rimaste nel terreno originario agiscano da richiamo perenne e dolcissimo, con il soffuso gusto del rimpianto che va sotto il nome tremendo di nostalgia.

Ecco infatti il suo argomentare chiarificatore: «Il clima, l'affabilità, la bellezza nitida e varia di Roma; il buono e salace carattere dei romani; i tramonti incomparabili apprezzati da antiche vie consolari; la cucina saporita; il vino scilinguagnolo per la più musona delle creature: tutto ciò, unito al ben noto fascino sottile, misterioso e unico, rende questa città ambita per chiunque. Però chi vi ha salde radici, il sabato e la domenica se ne va fuori mura, a respirare una boccata d'aria in luoghi che sono ancora più suoi, dove magari è nato e donde si è trasferito con breve, piacevolissimo viaggio. Una vita così ha un senso: se tu usi appena la fantasia, la puoi intendere come se il punto di riferimento dove poni la tua casa, il centro dei tuoi affetti, sia la campagna; null'altro rappresentando, la città, che il posto di lavoro obbligato».

Io già lo immaginavo, un discorso simile, dopo pretestuosi tentativi di dirottarne le conclusioni; e sentivo che sarebbe giunto qui, l'amico che voleva un consiglio già da lui scelto. Perché in questo modo, egli ha lasciato aperta una sola via, lungo la quale non si inoltrerà magari mai, una via dritta attraverso i meandri del più elaborato sofisma: e da considerare come riserva, come risorsa ultima per quando la disperazione o la sconfitta, o persino la pigrizia, gli avranno precluso ogni altra possibilità. Non è dunque una questione di sovraffollamento umano e motoristico, ma di distanze. Non è la città a opprimerlo, ma la città troppo lontana dalle sue radici. Io provo a ripetergli – e lui lo sa bene – che lassù dove ha lasciato brandelli di cuore, la realtà si trasforma ogni giorno, muta, si evolve, fino a non riconoscerla più se per molto tempo non la si segue. Gli dico che le scelte hanno un senso se, fatte una volta, non vi si torna sopra, nemmeno col pensiero. Lo frastorno col ricordargli che proprio le buone radici hanno un valore immenso nell'uomo, ma non superiore alle prospettive di un futuro, di un avvenire deciso secondo coscienza.

Il mio amico ha la testa dura, sorride, mi guarda e sorride; aspetta che intanto sia io, dopo aver fatto il sermone, a metterlo in pratica. Sa che non sono affatto sicuro di riuscirci.

# C'è una *pantalera* ancora

Delle tre fasce che formano le Langhe, da Santo Stefano alla Rocchetta, da Neive alla Valle Uzzone, da Barolo a Montezemolo, per indicarle a braccia più che a mente, è difficile dire quale sia la più bella. Hanno tutte, in ugual misura, suggestione panoramica, antichità di folclore, incentivo gastronomico. L'innamorarsi d'una d'esse anticipa tempi prossimi di concubinato o di poligamia, perché conoscendo l'altra, la nuova passione non tarda a sorgere, così per la terza, mentre il cuore non si è per nulla distaccato dalle prime. A salvar dal peccato interviene infine l'unicità, l'unità della Langa, riassunta nella figura d'una creatura viva e reale, eppur di sogno, non è sogno vedere riunite in una sola terra bellezza selvaggia, malinconia dolce, estro e memoria?

A Murazzano c'è ancora, ci dev'essere ancora, una *pantalera*, cioè quel largo asse di legno appena inclinato a tre metri dal suolo, sostenuto da pali o dal muro di una casa, listato a brevi intervalli sì che su codesti artificiali intoppi chi è abile può far schizzare lontano il pallone elastico lanciandoglielo sopra, chi difetta se lo vede rimandare indietro da uno di quei listelli, appunto. Non so se questa variante del gioco sia presa in qualche modo in considerazione dagli appositi organismi sportivi, né mi interessa che se ne vadano perdendo le tracce. Ho certezza invece che qualcuno, da qualche parte, la segue e la pratica tuttavia, riuscendo ad attirare lunghe file di competenti, di appassionati, di curiosi. Quando passa notizia di una partita di pallone alla *pantalera*, chi travasa il vino sospende il lavoro per accorrere, chi non fa nulla si rallegra per la felice occasione di riempire il tempo: e di gamba sana vanno veloci i vecchi, a vedere, grassi per le molte maglie di lana tenute assieme ben strette da stinti gilè che hanno tutti una storia.

Ero a Murazzano all'inizio di un pomeriggio festivo, nelle prime ore, l'orologio non batteva ancora i due botti, su lustre Seicento stracariche i turisti andavano cercando un posto per il pranzo sapendo che ogni insegna ne avrebbe soddisfatta la famelicità. Attorno alla pantalera gente faceva ressa, disponendosi spontanea lungo l'ideale confine del campo di gara. Si trattava di una sfida, fra giocatori del posto e una quadriglia di Mombarcaro che arrivò su due motorette, baveri e sparati ben alti sul petto e sul collo contro l'aria frizzante di fine settembre. Scesero gli atleti, col volto infiammato, a tratti stirandosi le membra, a tratti fregandosi le mani, qualcuno fletteva le gambe con rapide mosse come fanno i calciatori di professione prima di scendere sul terreno degli stadi.

«Sono qui – annunciò uno dei segaligni guardacacce, che da un po' di tempo camminava nervoso sotto la pantalera, col suo paletto colorato perché contrassegnasse bene l'altezza delle cacce, dei quindici, da conquistare –. Sono qui. Sono arrivati adesso». E siccome tutti li conoscevano bene, di persona e di nome, i giocatori, l'ometto continuò: «C'è Finu, che ha portato via la bandiera dal Cappelletto di Trezzo, proprio in questi giorni, c'è Ricu, nessuno gli guadagna a schiacciare i palloni, e ci sono anche Mammolo e Ricardu, la meglio squadra, i nostri avranno da strillare per vincere».

«*Vanta vughe* – azzardò uno del pubblico di nome Brajun – bisogna vedere. Se uno dovesse farsi tutte le partite solo perché ha portato via una bandiera, potremmo chiudere bottega. E Duilio, lo calcoli niente Duilio? Nel rimandare i palloni *c'reui*, i più difficili perché i più cattivi, non c'è nessuno che gli dica contro».

Il guardacacce non si diede per vinto, chiamò a testimone il suo collega che aveva un eguale paletto in mano per l'identica mansione. «Diglielo un po' tu, Milianu, tu che l'hai visto all'opera tante volte. Perché, *'d vote jelu*, a volte capita, se Mammolo è in giornata, i palloni *sfrus*, anche quelli terribili, non gli fanno paura, riesce a fermarli con le mani, con i piedi, se non basta si lancia per terra e li blocca con la pancia. Avesse fatto il portiere nel *fulbal*, Mammolo sarebbe diventato qualcuno, te lo dico io».

Milianu assentì e Brajun, scuotendo il capo, lasciò cadere la discussione mettendosi a parlare di robiole con un suo vicino. I guardacacce rasentarono più volte, in su e in giù, le lizze del campo, invitando il pubblico a *ste 'ndre*, a starsene indietro, in modo da non costituire ostacolo al gioco. Adesso ai bordi del terreno c'erano circa trecento persone, Duilio era nervoso, si fasciava e sfasciava continuamente il pugno destro come se nessuna legatura gli andasse bene, ma si capiva che lo faceva per vincere un po' di emozione, aveva sentito le parole di Brajun, sapeva che parte del pubblico la pensava così, non doveva essere proprio lui a smentire.

«E quelli di Mombarcaro – disse forte una voce – dove si sono nascosti? Hanno paura prima ancora di attaccare? Fagli vedere il *babuin*, Duilio, faglielo vedere, il demonio, sarebbe mica una bella cosa per noi, che venissero a vincere sul forestiero».

Era una voce scherzosa, ma Duilio assentì grave, guardando nel vuoto, come per rassicurare tutti. Finché la squadra ospite apparve in campo, sbucando dall'osteria dove si era presa il caffè e si era cambiata: il battitore e la spalla avevano i pantaloni bianchi, con maglie verdi, solo i terzini si accontentavano di una divisa raccogliticcia, fatta di indumenti incolore, rimboccati due volte sulle scarpe di gomma per correre più disinvolti.

Finu e Ricu, con le loro tenute, sollevarono un mormorio di ammirazione, ma sottovoce non tutti dovevano essere d'accordo, Brajun disse al vicino, smettendo il discorso sulle robiole: «In genere i cacciatori che prendono più lepri sono quelli che gliene importa niente di avere la *muda* di velluto ben a posto. Ho paura che questi di Mombarcaro vogliano fare un po' troppo i *gallaru*, i gradassi».

«Io ti dico invece – rispose il vicino – che dobbiamo essere noi a organizzarci per dettare il prezzo delle robiole. Si capisce, devono essere robiole *'d fè*, di pecora, se ci mettiamo a mescolare il latte delle tome, ci diamo la zappa sui piedi».

«Ma cosa mastichi – brontolò Brajun – io parlo della partita, tu vieni alla partita e non sei buono a lasciare a casa l'interesse almeno di domenica. Ma che brucino tutte, le robiole, se ci danno tanti fastidi».

I guardacacce si posero ai bordi del campo, appoggiandosi ai paletti, e l'arbitro, che veniva da Lequio Berria, annunciò con tono di baritono arrochito dall'abbondante pranzo consumato: «La partita va agli undici. Si è deciso che i muri portino buono, *fola a 'l om*», intendendo che la gara si sarebbe svolta sulla distanza degli undici giochi, mentre, ove la palla avesse toccato il muro di confine del campo, la si sarebbe considerata valida, al contrario se fosse piombata su qualcuno degli spettatori allineati lungo il limite del rettangolo.

Poi l'arbitro disse «Alé», Ricu lanciò la palla sulla pantalera e Duilio, dall'altra parte, la lasciò rimbalzare una volta, colpendola tosto e mandandola ben lontano nella metà campo avversaria. Il pubblico sottolineò con robusto sostegno vocale il buon inizio.

Brajun dette una gomitata all'uomo delle robiole: «Te lo dicevo, io, eh?, se te lo dicevo. Quello là – e indicò uno dei guardacacce – gli manca un giovedì, io non so a chi assomigli, tiene sempre per i forestieri, sarà perché è stato in aviazione. *Nuiocc* alpini, noialtri, ai forestieri non li abbiamo mai lasciati passare. Ma cosa vengo a perdere il tempo con te, tu eri nella sussistenza, se hai fatto il soldato, e magari non l'hai nemmeno fatto, hai una ghigna da imboscato, tu», e tornò, con una risata larga, a seguire le fasi della partita che si andava accendendo.

Mammolo e Ricardu, come terzini, sapevano il fatto loro. A Mammolo non gli sfuggiva una palla, e sulle più difficili, quando rotolavano pericolosamente verso l'*intra* che avrebbe assegnato quindici punti agli avversari, si gettava a tuffo, bloccandole comunque, sollevando un polverone di dove emergeva, poi, con i pantaloni macchiati e il palmo delle mani graffiato dalla ghiaia. Finu svolgeva un'attività eccellente, calmo e meditato sulle palle lunghe, pronto nel cogliere al volo quelle di parabola breve, le sue braccia avevano la potenza rabbiosa di una frusta manovrata da accorto postiglione.

La quadriglia di Murazzano si difendeva con ardore e abilità non meno efficaci, dopo un'ora gli avversari avevano due giochi a testa, ogni gioco se lo contendevano con rabbia, erano capaci di stare venti minuti sul quaranta pari, disputandosi i vantaggi come il giocatore di tressette combina per sé gli accusi.

Il guardacacce ai limiti del campo, annunciava la rispettiva attribuzione dei quindici, e ogni volta si schiariva la gola per cavarne voce più stentorea. «*Tranta chi batt e quindess chi 'rcossa*. Trenta a quindici. Chi vuole *traversé*, chi vuole scommettere, è in tempo, mille lire al colpo, sotto ragazzi. Ecco, adesso siamo *a du 'd tranta*». Chi rimandava la palla era riuscito a portarsi in parità; e gli scommettitori non avevano bisogno dell'incitamento del guardacacce: affidavano le loro mille lire all'imparziale totalizzatore, per lo più rischiavano sui singoli giochi, pochi si azzardavano a bilanciare una posta abbastanza alta sulle parti di un solo gioco.

Alle quattro, appena il campanile batté i botti per il Vespro, venne l'arciprete ai bordi del campo, non per assistere alla partita: reclutò, con un colpetto sulla spalla a ognuno, tutti gli spettatori al di sotto dei sedici anni, se li tirò in chiesa precedendoli svelto come un fantastico pifferaio di Hamelin.

Il loro posto venne preso dai turisti che scesero dalle un po' meno lustre Seicento e si unirono ai paesani con interesse reso petulante dal vino bevuto senza risparmio. Si informavano sulle fasi del gioco, domandavano delucidazioni, schiarimenti; gli oriundi che da pochi anni lavoravano a Torino, parevano i più inesperti, fingevano stupore di fronte ai balzi della palla sulla pantalera, si industriavano nel mostrare ignoranza assoluta, in fatto di pallone elastico.

Brajun affondò di nuovo il gomito nel fianco del vicino: «Ehi, tu – gli disse – sei sempre alle tome o si può parlarti? Non girarti subito, *bunom*, ma guarda quello dietro Gusto, quel torinese falso tutto liscio come un damerino. Gusto non se lo ricorda, sennò mica gli darebbe *tedia*, ascolto, così. È mezz'ora che la fa andare chiedendo un sacco di balossate sulla partita. Ebbene, vuoi sapere chi è, mi senti o stai ruminando con le orecchie chiuse come le vacche?».

«Dì pure – fece l'altro – e non è manco il caso che tu faccia tanto *l'erlu*, il saputo; se hai scoperto qualcosa non hai che da dirlo, sono qui per questo».

«È il figlio *'d Veru di Batistin,* sai, il cognato di Duilio. Sto *manente* d'un figurino ha un bel *curpett*, un bel coraggio, a domandare le cose che sa. Fino a un po' d'anni indietro, si è allevato alla Niella, capirai se non sa cos'è la *pantalera*. Si vede che andare a Torino fa quell'effetto lì. Cos'è che non ho mai voluto muovermi da casa, io. Non mi muovo manco mi pagassero. Almeno sei sicuro di non perdere la memoria. Lo conosci, no?, *Veru di Batistin*, è quello che per avere un figlio maschio ha dovuto prima riempirsi la casa di undici femmine. Fa un po' il conto, ne avesse voluto un secondo».

Quando il Vespro terminò, le due squadre erano otto a sei, cominciava a levarsi un vento abbastanza freddo, il sole era basso sull'orizzonte.

«*Sicula chi va a 'l batu, tranta chi va a 'l arcass*», annunciò trionfante il guardacacce, e il figlio di *Veru di Batistin* si chinò appena su Gusto per domandargli cosa volesse dire.

Gusto ancora una volta dovette spiegare. Intimorito dall'abito bianco dell'altro, volle cavarsela a tutti i costi dicendogli: «Vuol dire che quelli che vanno a gettare la palla sulla pantalera hanno i vantaggi, e quelli che vanno al ricaccio, come si dice, al rinvio, *boja fauss*, al rimando, non mi veniva la parola, hanno trenta punti. Voi che siete signori, a Torino non le avete queste *smure*, questi divertimenti, eh, *monsû*? Cosa volete, noi siamo dei poveri campagnini, non abbiamo mica i tabarin, dobbiamo arrangiarci con questi passatempi. Ma se nasco un'altra volta, mi faccio furbo anch'io, invece di fare il *garbé* qui, l'allocco qui, vado alla Fiat a Torino». Gusto sapeva di mentire, manco morto l'avrebbero portato via da Murazzano, pensava che piuttosto di andarsene alle Molinette sarebbe rimasto col suo medico, nel suo letto, curandosi col vino buono e con l'aiuto di Dio.

Il torinese partì, la folla andava diradandosi.

Il sole tramontava, quelli di Mombarcaro erano riusciti a mantenere il vantaggio, ma di un solo gioco, stavano dieci a nove, e il guardacacce gridava, con voce sempre più roca: «La partita si fa accanita, scommettete perché la va a pochi». Brajun si era tirato sul collo la giacca, stava incassato nelle spalle, le mani in saccoccia, una massa di granito, pareva il modello per un monumento all'Alpino, e dal suo toscano si alzavano volute di fumo azzurro. «Ricordati che il mondo è fatto per i furbi – mormorò a Duilio quando questi gli passò vicino – e anche voi dovete essere furbi. Finu ha cominciato bene, ma adesso va avanti solo più a *pussun*, a spintoni, mentre Ricu ha preso il balordone. E mandategli queste palle alte. Se passate i terzini, specialmente Mammolo, potete rifarvi. Mi raccomando, Duilio, guarda che ho scommesso mille lire su di te. *Piantme pa' gnûn tuiru*, mi raccomando, non imbrogliarmi, se vinci, metà sono tue».

Duilio gli sorrise e prese la rincorsa per lanciare la sfera di gomma sulla pantalera. Il pallone ebbe uno strano effetto: scivolò sulle liste di legno acquistando anzi maggior forza, e cadde così avanti da sbilanciare Finu che non s'attendeva un colpo simile.

«*A du 'd des*, parità sui dieci. – Urlò eccitato il guardacacce. – Si decide adesso. Ancora un po' ed è come la battaglia di San Martino», chissà a chi era indirizzata quest'ultima dotta citazione.

Ormai stava annottando, ci furono alcuni tentativi per sospendere la partita, ma i battitori delle due quadriglie si trovarono infine d'accordo sul continuare a tutti i costi: «Si decide qui» dissero convinti, e approvò anche l'arciprete che intanto aveva preso posto fra i suoi parrocchiani.

Si accese l'illuminazione pubblica, ma non arrecò un contributo consistente alle esigenze degli atleti, i quali adesso si portavano sulla palla più a orecchio, sentendone il rimbalzo, che con la precisa guida degli occhi. Sul «quaranta pari» dell'ultimo gioco, la partita si protrasse per tre quarti d'ora, poi la squadra di Duilio ebbe la meglio, conquistò il quindici decisivo con un'*intra* spettacolare e fortunata, la palla rotolò per i prati, nessuno si dette pena di cercarla.

Finu e Ricu si sfasciarono adagio il pugno, se lo tastarono rosso e gonfio, stavano a testa bassa, mogi come per una grave disfatta. Poi si diressero con Ricardu e Mammolo verso l'osteria, per cambiarsi.

Brajun fece al guardacacce: «Te lo dicevo io? Li hanno fatti strillare come hanno voluto, tu e il tuo Finu che porta via le bandiere. Anch'io, allora, ho portato via la bandiera nella gara di ballo ai Tre Cunei, cinquant'anni fa, eppure la mia donna m'ha mai detto che ballo bene. Se dobbiamo stare all'apparenza, tu allora, con quel *basurot*, con sto bastone in mano, sei meglio d'un ciarlatano, più in gamba di quei *gadola*, di quei goffargnoni, che facevano ballare l'orso nelle fiere, e che bestioni di orsi che erano».

«Parole balorde – rispose il guardacacce – parole che non mi piacciono per niente, parole da schiaffi mica tanto tempo indietro. Ma lo so che hai la lingua che ti balla in bocca, puoi sforzarti finché vuoi ma non sei buono di tenere la lingua a posto. Ebbene, vuoi saperne una, o *marmastiò* d'un impiastro? Ascolta bene: Duilio ha vinto perché bagnava il pallone, per farlo andare più lungo. Io l'ho visto, quando cominciava a far notte, bagnare il pallone, *e sun sto citu 'me 'n fol*, zitto sono rimasto, da stupido, perché a Duilio io gli voglio bene, e a Murazzano di più ancora. Se uno non vuol bene al suo paese, ti sembra, Golino?».

Chiamò Brajun col suo nome anagrafico che solo il postino e pochi altri sapevano, Golino: e lo fece, si vedeva, con una punta di provocazione.

L'uomo delle robiole diede lui, questa volta, una leggera gomitata a Brajun: «È notte, e ci sono le bestie che bramano dalla fame nella stalla. Vuoi che andiamo, *ciaciarun* d'un chiacchierone?».

«'Ndiamo, va – acconsentì l'altro – è meglio che 'ndiamo prima che mi scappi la pazienza. Uno non può vedersi una bella partita, che c'è subito chi gli mette il bastone nelle ruote e gli toglie così tutta la soddisfazione. Ma domenica, via in Alba, neh, prendiamo la corriera dopo Messa, all'una siamo in Alba e abbiamo ancora il tempo di farci su un *bel toc 'd buij*, un pezzo di bollito, al Cannon d'Oro, prima di andare a vedere Manzo contro Gioetti. Adesso c'è Balestra, uno che viene da *'n tsa Ligûria*, che si fa un bel giocatore».

Si avviarono per una stradina, Brajun precedeva di qualche passo l'amico, veniva dai cespugli l'odore delle foglie umide, delle prime castagne che cominciavano a rotolarvi, dei funghi non buoni da mangiare. Calava una leggera nebbia, si intuiva appena lo scuro delle colline contro il nero della notte ormai fatta, crepitava qualche rametto cadendo sulle foglie che lo avevano preceduto nel viaggio verso il terreno. Brajun e l'amico procedettero un po' in silenzio, poi il primo disse: «Che mutria che mi hai messo su, una mutria che non mi piace niente. Se stiamo ancora un po' zitti, finisce che diventiamo muti davvero». E attaccò con voce stranamente in falsetto, per lui che era tanto grande e grosso, *Spunta l'alba daré 'd na culin-a*. La cantò da solo, fino alla strofa che diceva: *E tûta la valada 's desvija, sun tre volte che 'l gal l'ha cantà*. Su queste parole fece da sapiente contralto l'altro contadino, intanto che la vallata si preparava a dormire, e i galli si appallottolavano sui finestrini dei *giuch*, in ogni pollaio, attendendo l'alba di domani per cantare tre volte, più ancora.

# Indice